LA MANDRÁGORA DE
LAS DOCE LUNAS

LA MANDRÁGORA
DE LAS DOCE LUNAS

CÉSAR VIDAL

Diseño interior: Deditorial
Diseño de portada: Chris Ward

ISBN: 978-1-950604-15-9 La mandrágora de las doce lunas, papel
ISBN: 978-1-950604-21-0 La mandrágora de las doce lunas, eBook
Próximamente en audio

Impreso en Estados Unidos de América

20 21 22 23 24 VERSA PRESS 9 8 7 6 5 4 3 2 1

CONTENIDO

ELENCO DE PERSONAJES

ABDALLAH: Funcionario del cadí de Ishbiliyah

ABD-AR-RAHMÁN: Emir de Qurduba

BELENA: Mujer vikinga. Protagonista de la novela

CADÍ: Juez de Qurduba

DÉBORAH: Profetisa judía

ESTHER: Reina judía casada con Asuero, rey de Persia

EUSEBIO: *Nasraní* de Ishbiliyah

EVA: La primera mujer y esposa de Adán

HEL: Diosa vikinga de los infiernos

HULDA: Reformadora judía

ISA Shohaid: General de los ejércitos del emir de Qurduba

LARA: Hija de Oso

LOKI: Dios vikingo del mal

Oso: *Nasraní.* Protagonista de la novela

Raquel: Esposa del patriarca hebreo Jacob

Yalal-ad-Din: Sabio persa

La mandrágora de las doce lunas

—¡Vamos a por el enemigo!

Oso exclamó aquellas palabras con la mezcla de calma y aplomo, de firmeza y serenidad que solía mostrar en las ocasiones más difíciles. Muchos se habían preguntado vez tras vez si no reservaba esa forma de comportarse para los momentos en que todos perdían el valor o la tranquilidad. Daba igual en realidad. Aquella mañana pronunció esa frase, espoleó con decisión su montura y comenzó a descender la suave loma. Se trataba de una elevación casi imperceptible que iba a morir en el sendero que conducía hasta las primeras casuchas del pueblo. Allí, oculta entre las piedras grises y los árboles raquíticos, le esperaba agazapada y acechante la muerte...

PRIMERA PARTE:
LA BÚSQUEDA

CAPÍTULO I

Siempre intentaba adoptar un rostro sonriente. Ni siquiera los golpes más dolorosos del destino —que no habían sido pocos— le habían disuadido con el paso de los años para que dejara de comportarse de esa manera. En aquellos instantes aquella expresión risueña se le había borrado casi totalmente de la cara, aunque forzoso es reconocer que no era para menos. La áspera soga de burdo cáñamo que se apretaba alrededor de su cuello le causaba una desazonante escocedura. Sumado al copioso sudor que le resbalaba por el rostro hasta el pecho, el inclemente trozo de cuerda le estaba levantando la piel dibujándole una raya rojiza en torno a la nuca y la garganta. Pero lo peor no era el tacto cortante de aquel instrumento de ejecución, sino la sensación de asfixia que se iba apoderando de su pecho poco a poco, pero de manera inevitable.

Con las manos fuertemente atadas a la espalda, la soga dejándole sin resuello y la mula sobre la que estaba montado piafando inquieta, pocas dudas podía haber de que sería un ahorcado al cabo de unos instantes. Por razones que no terminaba de entender pensó que de un momento a otro ya no estaría en este mundo. Sin embargo, sorprendentemente esa certeza no le preocupó. Más bien tuvo la curiosa impresión de que ahora se hallaba todavía a este lado y que pronto, muy pronto, se encontraría del otro.

La idea de morir no le habría causado la más mínima ansiedad —todo lo contrario— de no ser por una sola razón. Estaba dotada ésta de una especial relevancia y se resumía en una criatura que se hallaba en pie a unos pasos de la nerviosa mula. Se trataba de una niña de unos siete u ocho años que miraba con una ansiedad curiosa y asfixiante toda la escena.

El reo también dirigía la vista hacia ella de vez en cuando y se esforzaba por sonreír. Sin embargo, casi lo único que conseguía era sentirse compungido durante unos momentos en los que habría deseado enfrentarse tranquilamente con la muerte. Marcharse de este mundo podía ser una liberación, pero dejar detrás a una hija pequeña y sin valedores le provocaba en el pecho una sensación similar a la que habría sentido si se lo hubieran golpeado con un puño de hierro. Mientras musitaba una oración desde lo más profundo de su alma, un desagradable vozarrón envuelto en un acusado acento bereber desgarró el frío aire de la mañana:

—Oso, por fin has llegado al final de tus fechorías.

La garganta de la que habían brotado aquellas palabras de reproche pertenecía a un sujeto de piel oscura, casi negra, cuyos cabellos largos de rizadas guedejas se hallaban recogidos cuidadosamente bajo un turbante blanco como la leche. Aunque daba la sensación de querer añadir solemnidad a su frase, lo cierto es que, a juzgar por el rictus satisfecho de sus finos labios, la satisfacción superaba en su corazón al deseo de cumplir con el ceremonial establecido.

—Te has atrevido a resistir a la justicia del emir —prosiguió el hombre del turbante—. Has ayudado a los que habían osado desafiarla y les has proporcionado medios para eludirla y escapar a su brazo ejecutor...

El hombre de piel oscura realizó una pequeña pausa, miró disimuladamente en torno suyo para asegurarse de que sus palabras causaban el efecto apetecido y añadió finalmente:

—Por todo lo anterior, el cadí te ha condenado a ser colgado del cuello hasta que tu alma de *kafir* abandone tu cuerpo inmundo y...

No llegó a terminar la frase. Un inesperado sonido procedente de los apresurados cascos de un caballo lo detuvo. Antes de que nadie pudiera saber de lo que se trataba un jinete cruzó la estrecha callejuela limítrofe como una exhalación y se adentró en la plazoleta donde se llevaba a cabo el ritual de la ejecución. Apenas logró frenar su corcel a unos pasos del moreno hombre del turbante y, tras desmontar rápidamente, se acercó hasta él. Bosquejó con rapidez un saludo reglamentario y luego se inclinó sobre el oído del pregonero de la sentencia.

Nadie pudo escuchar las palabras que el recién llegado musitó al oído del hombre tocado con el turbante blanco. Lo cierto, sin embargo, fue que éste torció el gesto, decidió interrumpir su anuncio y se dirigió con paso firme hacia un anciano de barbas luengas y blancas.

No daba la sensación de que el apergaminado viejo, que parecía dormitar sentado bajo un verde parasol que sujetaba un corpulento negro, se hubiera percatado de lo acontecido en los últimos instantes. Dio un respingo al sentir la cercanía del recién llegado y, aunque intentó ocultar sus emociones, en su rostro se dibujó un gesto de contrariedad.

Ni uno solo de aquellos movimientos y ademanes pasaron inadvertidos al reo. Intentó seguir todo lo que acontecía mientras procuraba a la vez evitar que la áspera soga lo hiriera más. Suavemente, apretó las rodillas contra los costados de la mula para impedir que llevara a cabo un indebido paso que se tradujera en su ahorcamiento. Luego buscó con la mirada a su hija entre los *nasraníes* reunidos en la plazoleta. Cuando sus ojos dieron con los de la niña dejó que sus resecos labios se entreabrieran en una sonrisa. La apretada cuerda que le oprimía el cuello no le permitió que fuera muy ancha, pero, aun así, la criatura sintió en lo más profundo de su pecho que su padre sabía lo que —es un decir— se traía entre manos.

El anciano de las barbas blancas se llevó la nervuda diestra hasta el mentón y comenzó a tamborilearse una de las rodillas con los dedos de la mano izquierda. Estaba profundamente nervioso y apenas lograba ocultarlo. El reo maltragó saliva y gritó:

—*¡Sayidi cadí,* yo tengo la solución para tu mal!

El anciano dirigió la mirada hacia el condenado que acababa de interrumpir osadamente sus reflexiones, y lo hizo sin poder evitar que estuviera envuelta en una sensación de profundo desconcierto. El hombre del turbante blanco, por el contrario, dio toda la impresión de ser presa de la cólera más airada.

—*Sayidi* —dijo reprimiendo a duras penas su indignación—, deberías acabar con la ejecución de Oso antes de que...

—*Sayidi cadí* —gritó el reo sacando de donde pudo el aliento—, nada tengo que perder..., nada pretendo para mí..., pero..., pero puedo rendirte un servicio que nadie salvo yo puede llevar a cabo.

—*Sayidi* —dijo el hombre del turbante blanco sujetándose las manos para reprimir su cólera—, no le hagas caso. ¡Ese Oso es un canalla! ¡Es un embaucador! Su lengua es doble como la de una serpiente venenosa.

—*Sayidi cadí*—dijo el denominado Oso notando inquieto cómo le faltaba el aire en el momento en que más necesario le resultaba—, conozco una planta que puede solucionar tus problemas... Se trata de una raíz de virtudes prodigiosas... Yo podría...

—*Sayidi* —chilló el hombre del turbante olvidando las formas, que a duras penas había conseguido respetar hasta ese momento—, hay que ejecutar a ese *nasraní...,* no se puede..., no se puede...

No concluyó su frase. Con gesto decidido, comenzó a dar zancadas hacia la mula en la que estaba sentado a horcajadas el reo. Una vez llegó a su lado, estiró la palma diestra y, alzándola en el aire, se dispuso a descargarla sobre el anca del animal.

CAPÍTULO 2

—¡No lo hagas, Abdallah!

La orden del cadí detuvo en el aire el brazo del hombre del turbante con la misma energía que si se hubiera pronunciado un poderoso sortilegio. Los negros ojos de Abdallah se clavaron en el reo envueltos en un fuego de odio y resentimiento. Se trató sólo de un instante, pero a Oso le pareció tan largo y sobrecogedor como el tortuoso camino que desciende hasta las más negras profundidades del infierno. Sabía de sobra que bastaría un solo movimiento de aquella mano detenida a un palmo de él para que su alma saliera despedida de su cuerpo con tanta rapidez como la mula que aún sentía entre los muslos.

Contuvo el aliento como si temiera que su respiración agitada pudiera espantar la montura. Sólo cuando el cadí llegó a un par de pasos de él se permitió dejar que el aire le saliera lentamente por las ventanas de la nariz.

—¿Cuál supones que es mi problema? —preguntó el arrugado anciano con un rostro velado por un gesto que no parecía delatar ningún sentimiento.

Oso se mojó los labios secos con la punta de la lengua antes de pronunciar una sola palabra. A decir verdad, no sabía cuál era la respuesta exacta para aquella delicada pregunta. Tan sólo sospechaba algo. Sin embargo, no dejó que aquella circunstancia se tradujera en un sentimiento de miedo. Más bien notaba en el pecho una extraña euforia, la que le ocasionaba el saber que contaba con una oportunidad de salvar la vida. Sí, era arriesgado, pero ¿acaso no iban a matarlo de todas formas?

—*Sayidi* —comenzó a decir aparentando una tranquilidad que no sentía en absoluto—, sé que deseas aumentar tu descendencia con un hijo varón...

Calló por un instante como si necesitara respirar. En realidad, estaba observando si sus palabras causaban algún efecto en el cadí. La raya roja que se formó, honda y significativa, en la frente del árabe le indicó que, seguramente, pisaba un terreno sólido.

—Sé de una planta..., una raíz..., que crece bajo tierra y...

—*Sayidi cadí* —le interrumpió Abdallah lívido de cólera—, pierdes el tiempo escuchando a este farsante. Permíteme que lo ejecute y...

El cadí alzó la mano abierta en un gesto que no admitía dudas y Abdallah, contra su voluntad pero sumiso a su superior, calló.

—Continúa —dijo el anciano.

—Su forma es similar a la de un varón —continuó Oso—. En realidad, casi podríase pensar que es un enano escondido bajo tierra. Si se la examina bien, en esta raíz se distinguen con nitidez la cabeza, los brazos, las piernas, incluso el miembro viril.

Oso hizo una pausa. Sí, todo parecía indicar que iba por buen camino. Quizá...

—Creo que podría explicar todo mejor si me permitieras descender de esta montura —se atrevió a decir fingiendo un respeto hacia el cadí que ni lejanamente sentía.

—Yo decidiré si debes bajar de la mula o si tu cuerpo ha de calcinarse al sol mientras las aves lo devoran —le interrumpió secamente et anciano—. Ahora continúa.

Oso bosquejó una sonrisa con la mayor despreocupación de que fue capaz. Deseaba aparentar que no le importaban aquellas palabras desabridas del cadí.

—*Sayidi* —prosiguió con un tono inusitadamente tranquilo—, esa raíz está dotada de unos poderes casi prodigiosos... No sería exageración alguna decir que es mágica...

Oso realizó una nueva pausa. Necesitaba recuperar el resuello, pero también precisaba asegurarse de que estaba pisando un suelo firme.

—Cualquiera que la consume —continuó con una voz suavemente incitadora— recibe una fertilidad extraordinaria. Sus esposas no dejan de tener hijos y, lo que es más importante, esos vástagos no son débiles e inútiles mujeres, sino varones fuertes que podrán empuñar la espada el día de mañana... Yo conozco dónde podría encontrarse esa peregrina planta y me comprometo...

—Bajadle de la mula —dijo con voz seca el cadí.

Las cejas de Oso se enarcaron movidas por la sorpresa, pero guardó un silencio prudente mientras unos bereberes sujetaban la mula y a continuación le desembarazaban el cuello de la soga. Desconcertado, Abdallah elevó su voz en un aullido colérico.

—*Sayidi* —gritó—, no le hagas el más mínimo caso. Él mismo sólo tiene una hija...

Oso había dejado caer su peso totalmente sobre uno de los soldados que se habían acercado hasta la mula para bajarlo y ahora sólo les quedaba la posibilidad de permitirle descender a tierra. No tenía dudas de que una vez volviera a pisar el suelo resultaría más difícil colocarle de nuevo aquella odiosa soga de cáñamo en torno al gaznate.

—Es cierto lo que te dice tu siervo —se apresuró a comentar Oso—, yo mismo soy una víctima de no haberme aprovechado de las virtudes que posee la raíz de la que hablo.

Guardó silencio un instante y luego, adoptando un gesto lastimero, añadió:

—Ah, si yo hubiera tenido tu suerte, *Sayidi*..., si yo hubiera disfrutado del conocimiento que ahora te ofrezco... Ah, *Sayidi*, qué no habría dado yo por encontrarme en la posición en que tú te hallas ahora disponiendo de alguien que te brinda la posibilidad de obtener esta planta...

Oso se llevó las manos a la cara como si no pudiera soportar el dolor pero, prudentemente, conservó una rendija entre los dedos para observar las reacciones de su interlocutor.

—¿Cómo estás tan seguro de que esa planta es tan eficaz? —dijo al final el cadí sin poder evitar que el interés que se había apoderado de su corazón se le filtrara entre los labios.

Oso miró a un lado y a otro, como si deseara asegurarse de que nadie escucharía el secreto que iba a revelar, y de un paso se plantó al lado del cadí y se inclinó sobre su rostro antes de que nadie pudiera impedirlo.

Ninguno de los presentes —sirios, bereberes, *nasraníes*— logró escuchar una sola de las palabras que Oso pronunció al oído del cadí, pero los más cercanos pudieron percatarse de que los ojos cansados del anciano se abrieron como fuentes y de que su barbuda quijada inferior se descolgó en un indudable gesto de irresistible sorpresa.

—¿Estás seguro de lo que dices? —preguntó asombrado el cadí.

Oso no abrió la boca para dar explicaciones y se limitó a asentir inclinando la cabeza con gesto seguro. Era consciente de que se estaba saliendo con la suya y no pensaba estropear los resultados con un alarde pedante de vana palabrería.

—Bien —dijo el cadí refrenando a duras penas la emoción que le embargaba—, en ese caso..., en ese caso no hay más que hablar. Si me consigues esa planta te perdonaré la vida...

Oso reprimió la amplia sonrisa de profunda satisfacción que pugnaba por aflorarle a los labios. Si aquel sujeto le dejaba en libertad, echaría mano de su hija Lara, emprendería el camino hacia el norte hasta dar con cualquiera de los reinos *nasraníes* y...

—¡*Sayidi*! —aulló Abdallah, que veía espantado cómo la codiciada presa se le iba de entre las manos—. ¡*Sayidi*, no puedes dejarle en libertad! Si lo haces..., si lo haces los *nasraníes* se creerán autorizados a desobedecer la ley... Una decisión como ésa no iría en favor de la comunidad...

—¡Ah! —dijo Oso fingiendo indignación—. ¿Acaso existe algo que pueda ir más en favor de todos, sean *muslimin* o *nasraníes,* que el hecho de que nuestro *Sayidi* tenga herederos varones que lo sucedan en sus importantísimas funciones?

—Sí, tiene razón —cortó el cadí, que no deseaba verse por ninguna razón desprovisto de aquel inesperado regalo del cielo.

—Hablas con sabiduría, *Sayidi* —dijo Oso mientras lanzaba una mirada de represión sobre Abdallah—, una sabiduría que me atrevería a calificar de más que humana, y ahora..., si me lo permites, he de partir en busca de esa raíz que colmará tus días de gozo...

No esperó respuesta. Sin dejar de mostrar una sonrisa a mitad de camino entre el deseo de agradar y la más risueña de las expresiones comenzó a caminar de espaldas. Calculó que necesitaría dar nueve o diez pasos para alcanzar el caballo más cercano. Una vez hubiera llegado a su altura, subiría en él de un salto, echaría mano de su hija Lara, a la que no había perdido de vista ni un solo instante, y aquellos bereberes no volverían a verlo en todos los días de su miserable existencia...

Se hallaba tan sólo a dos pasos de la montura cuando se percató de que Abdallah abandonaba la cercanía del emir y cruzaba con zancadas rápidas la minúscula plazoleta. La rapidez de aquella reacción desconcertó a Oso por un instante. Fue suficiente para que su enemigo llegara hasta el lugar donde se hallaba la pequeña Lara.

Lo que sucedió a continuación se desarrolló de una manera tan rápida que nadie, salvo quizá un ángel o un *jinn,* habría podido impedirlo. Abdallah llegó hasta la niña, pasó con rapidez la mano izquierda en torno al cuello de la pequeña y luego, tras desenvainar un curvo puñal que le colgaba de la cintura, apoyó su afilada punta sobre el espacio de piel que se encuentra justo detrás de la oreja.

Oso inspiró con cuidado. Sabía que no tenía que aparentar miedo, pero no se le ocultaba que Abdallah podía matar a su hija en menos de lo que dura una exhalación. Bastaría con que empujara levemente el arma que tenía en la diestra para causar a la niña una herida mortal de necesidad. Naturalmente, podía abalanzarse sobre aquel miserable y estrangularlo con las manos desnudas —lo que quizá no le costaría mucho—, pero eso no devolvería la vida a una Lara muerta.

—*Sayidi* —dijo Abdallah con una voz que a Oso le pareció tan pegajosa y mortal como algunos peligrosos venenos—, este *nasraní* es un embaucador... Si le dejas marchar no regresará nunca..., se habrá burlado de la justicia del emir...

—*Sayidi* —le interrumpió Oso recurriendo a un tono que parecía cargado de indiferencia pero que, en realidad, pretendía persuadir—, no puedo perder el tiempo con la necedad de tu criado. La misión que voy a realizar en favor tuyo resulta extremadamente peligrosa. Para hacerme con la planta he de viajar hasta una fortaleza situada en lo alto de una roca cortada a pico. En torno a ella los cuervos sólo buscan ojos que vaciar y discurre un río proceloso que no se puede cruzar con facilidad...

Oso realizó una breve pausa. Sabía por experiencia que el engaño era un arma peligrosa. El que miente corre el riesgo de verse descubierto y sentir sobre sus espaldas los golpes del que se ha visto defraudado. Lo que ahora decía era la pura verdad, únicamente se reservaba el derecho de guardar alguna información para sí mismo.

—Exígele una garantía, *Sayidi* —dijo Abdallah apretando ligeramente el curvo puñal sobre la suave piel de la niña—. Que deje a su hija como rehén. Si lo que dice es cierto, regresará con la raíz para recuperarla.

—Pero, *Sayidi* —dijo con una sonrisa Oso—, lo que acabas de oír es una estupidez... Bastaría para salvar a mi hija que no regresara y, por supuesto, pienso hacerlo y...

Cuando una sonrisa repugnante asomó por entre los colmillos amarillentos de Abdallah, Oso supo que acababa de cometer un error de peligrosas consecuencias. Aún no podía precisar cuál había sido, pero a juzgar por aquella evidente satisfacción no podía resultar de escasa envergadura. Se habría mordido la lengua muy a gusto, pero aquello no iba a servir para reparar un daño que temía enorme.

—Basta con que le fijes un plazo, *Sayidi* —dijo Abdallah sin abandonar el turbio gesto de hiena hambrienta que iluminaba

su oscuro rostro—. Si en seis días no ha vuelto, la niña será degollada... o, mejor, será vendida como esclava para el *harem* de
algún señor principal. Si regresa, pero no trae consigo esa raíz...
milagrosa, debes ahorcar a Oso por haber pretendido burlarse de
la justicia del emir, y la niña...

—La niña deberá quedar en libertad porque sólo era prenda de la misión de su padre —le cortó secamente Oso.

El cadí había presenciado el rápido intercambio de palabras
con un ligero desconcierto pero, por un instante, pareció que
recuperaba el control de la situación.

—Sea —dijo alzando la mano—. Si regresas con la raíz que,
según tus palabras, es milagrosa, la niña será puesta en libertad y
yo me complaceré en otorgarte un generoso perdón. Pero si fraca-
sas en tu misión, lo pagarás con la vida. Mi sentencia se ejecutará.

Con un gesto inusitadamente ágil para alguien tan
anciano, el cadí se dispuso a abandonar el lugar. Sin embargo, apenas había dado unos pasos cuando Abdallah dijo con
una voz sonora en la que tintineaba la eufórica satisfacción del
vencedor:

—*Sayidi,* olvidas fijar el plazo para cumplir con el cometido. Estimo que con tres días sería más que suficiente.

—*Sayidi* —protestó Oso—, necesito al menos dos semanas
para ir y volver. Dame quince días y no te defraudaré.

El cadí se llevó mecánicamente la mano derecha a la luenga
barba. Durante unos instantes que a Oso le parecieron intermi-
nables se acarició el blanco mentón jugueteando incluso con los
rizos.

—Dame tu puñal, Abdallah —dijo mientras estiraba la
mano para recibir el arma.

Con un gesto de desagrado, el bereber apartó el filo de metal del oído de Lara. Luego, sin soltar a la niña, se acercó hasta el cadí y le entregó el arma. Oso no pudo evitar que el aire retenido en su pecho saliera por las ventanas de su nariz con un gesto de alivio. Inmediatamente, buscó con la mirada los ojos de su hija y le dirigió una sonrisa.

El cadí observó con atención el arma que le había tendido Abdallah y deslizó la punta de su dedo índice por el agudo filo, deteniéndose en el extremo. Sí, aquella aguja de metal podría haber deshecho el oído de la niña penetrando en su cráneo y causándole la muerte. Abdallah podía resultar un poco tosco, pero, sin ningún género de dudas, era eficaz. Con gesto inesperado, el cadí tomó el arma por la punta y la lanzó contra el suelo. Allí quedó clavada, enhiesta, como un diminuto poste indicador.

—Escucha bien lo que voy a decirte, Oso —exclamó con una voz cansina pero preñada de autoridad—. Dentro de doce lunas, ni una más ni una menos, deberás llegar a la mezquita cercana al arrabal de los *nasraníes* o bien llevando la raíz para recibir el perdón o sin ella para ser ejecutado. Si tras la duodécima luna no has regresado, a la hora en que la altura del puñal sea igual a la de su sombra, Abdallah degollará a tu hija o yo mismo me encargaré de que sea vendida como esclava. Ahora no pierdas tiempo. Las horas ya han comenzado a correr...

CAPÍTULO 3

—Pero tú eres un oso —dijo inquieta Lara— y los osos no saben nadar...

—¿Por qué te parece eso tan importante? —preguntó Oso mientras reprimía una sonrisa divertida.

—... Porque... porque tú has dicho que el lugar al que tienes que viajar está rodeado por un río peligroso y... y si intentas cruzarlo te ahogarás... —concluyó la niña con un angustiado tono de voz.

La situación era indudablemente dramática, pero Oso no pudo evitar que sus labios se distendieran en un gesto jocoso.

Quizá una de las cualidades de su hija que más le agradaba era el hecho de que su candor pudiera provocarle carcajada tras carcajada. Por ejemplo, el que creyera que en él existía algo de oso le divertía extraordinariamente. En cualquier caso, no estaba dispuesto a privarle de ese singular placer.

—Hija —dijo aparentando una seriedad que no sentía—, eso sería un problema para un oso vulgar, pero no lo es para mí...

—¿Tú no eres un oso vulgar? —preguntó arqueando las cejas la niña.

—Por supuesto que no —contestó con firmeza Oso—. Yo soy un oso especial, un oso que puede nadar fácilmente.

—¿Y cómo se llaman esos osos? —preguntó embobada la niña.

Por segunda vez en lo que iba de día Oso se sintió un bocazas. Esa manía suya de hablar más de lo que debía terminaría por causarle un disgusto el día menos pensado. En cualquier caso, ahora resultaba imperativo que diera una respuesta convincente.

—Osopez, se llama osopez —dijo repentinamente cuando la brillante idea le saltó a la mente.

No permitió que la niña reaccionara. No estaba dispuesto a que siguiera enhebrando preguntas que él no pudiera responder. De manera que prosiguió dando explicaciones por su cuenta:

—El osopez es un animal extraño, hija mía —dijo con la misma seguridad que habría tenido de haber visto el imaginario ser miles de veces—. Posee cualidades propias del oso, como el apetito, la fuerza o la resistencia; pero también puede nadar con una peregrina facilidad. No debes temer por mí. Regresaré antes de que pasen doce lunas, te cogeré en brazos y nos iremos de aquí a un lugar donde se pueda vivir en paz.

Lara dejó escapar una risita complacida al escuchar aquellas palabras. Oso la contempló satisfecho y luego echó un vistazo a los dos soldados bereberes que los vigilaban. No entendían ni su lengua, ni sus costumbres, ni su religión. La única esperanza era que pudieran comprender sentimientos tan universales como el amor entre padres e hijos.

Con gesto rápido alzó a la niña y la estrechó contra sí. Fue un abrazo mullido, cálido y cariñoso al que la criatura respondió apretándose contra el pecho de su padre.

Al cabo de unos instantes, Oso volvió a depositarla en el suelo, la contempló y deslizó los dedos de su diestra por su rostro.

—Debo irme, hija —dijo con una voz que pretendía inyectarle serenidad y confianza—, pero estaré de vuelta pronto. He hablado con Eusebio y se ocupará de que no te falte nada.

La niña no despegó los labios; pero asintió con la cabeza, convencida de que, efectivamente, su padre cumpliría con su palabra.

Con gesto decidido, Oso se apartó de la pequeña y dio unos pasos hasta su corcel. Con rapidez pero no sin elegancia, montó y obligó al animal a adoptar la dirección que deseaba. Luego sujetó las riendas con la mano izquierda, alzó la diestra en señal de despedida y clavó sus talones en los ijares del caballo para obligarle a partir al galope.

Ni un solo instante volvió la vista atrás mientras cabalgaba. A sus espaldas quedaron, primero, las callejuelas de Ishbiliyah y, a continuación, los campos que la circundaban, y luego, otras aldeas y otros campos. Detuvo el caballo cuando se percató de que el animal, dócil y resistente, manifestaba las primeras muestras de cansancio. Saltó entonces de la grupa y, tras darle algunas palmadas de aliento, lo dejó reposar. Estaba pendiente tanto su vida como la de su hija, y no podía permitir que un momento de inconsciencia le privara del único instrumento del que disponía para llegar a su destino.

Las tres primeras lunas las aprovechó Oso para cabalgar hacia el norte, en dirección a la ciudad donde sabía que encontraría la mágica raíz. No fue un viaje fácil, pero lo sorteó con rara habilidad. Supo esconderse durante el día de las partidas incontroladas de bereberes y sirios que se dedicaban a esquilmar a los campesinos, y viajar por la noche cuando lo más a lo que podía temer era a las aves de presa nocturna, como la lechuza o el búho. Y así, eludiendo el peligro que procedía de animales y bestias, cuando el sol apenas asomaba por el horizonte, llegó a la mágica ciudad, aquella que recibía el nombre de Toletum entre los creyentes verdaderos y de Tulaytula entre los infieles.

Seguramente el cadí habría considerado despectivamente la propuesta de Oso de saber que el lugar al que se dirigía no era otro que la antigua capital de los monarcas godos. Acostumbrados al frío del norte de Europa, aquellos guerreros rubicundos debían de haber encontrado Toletum insoportablemente calurosa. Sin embargo, cualquier observador avispado podía percatarse de que la ciudad había sido construida para conjurar los rigores estivales. Sus calles estrechas conseguían aprovechar las sombras que se descolgaban morosas de las casas, proporcionando una frescura que nadie habría intuido en aquel lugar. De esta manera, los días podían ser clementes y hasta gratos, y las noches, perfumadas por los aromas fragantes de plantas y árboles, con facilidad se convertían en las horas más deliciosas de la jornada.

Al contemplarla, Oso se dijo que la descripción que de ella había dado al cadí difícilmente habría podido ser más ajustada a la realidad. Enhiesta sobre una inmensa roca, la multisecular ciudad se alzaba orgullosa en medio de las verdes ondas de un río de caudal no despreciable. Si las fortificaciones eran medianas, aquel simple enclave geográfico garantizaba una defensa fácil para sus habitantes y un asedio casi imposible para los sitiadores. Por lo que se refería a los cuervos, tampoco había exagerado el *nasrani*. Afincados en las oquedades de la imponente roca, revoloteaban en verdaderas nubes, seguramente acostumbrados a nutrirse con cualquier despojo.

Enmarcada en aquel juego de luces que acompaña al inicio del amanecer, la silueta de la ciudad parecía fantasmagórica y temible, como si quisiera indicar que nada bueno le depararía la suerte al que se adentrara en sus límites. Sin embargo, Oso no había llegado hasta allí para dejarse amedrentar. Hacía ya mucho tiempo que sabía que el miedo no se puede eliminar pero sí amaestrar como un animal. Era consciente, asimismo, de que en ese arte él era un más que diestro domador.

Con un trotecillo suave, el caballo de Oso, como si adivinara los deseos de su amo, se encaminó hacia la puerta principal de la ciudad.

CAPÍTULO 4

Aunque hubiera vivido milenios después de aquel instante, Oso nunca habría podido olvidar el momento en que llamó a la puerta de la humilde vivienda de Yalal-ad-Din. Hacía tiempo que no se había adentrado en el confuso dédalo de estrechas callejuelas que configuraban el enrevesado casco toledano. Sin embargo, aun así, su innato sentido de la orientación le indicó con claridad que iba por el buen camino. Guiado por una virtud que pocos habrían podido explicar, no tardó más de unos instantes en situarse en la senda adecuada.

Oso sabía que si el cadí de Toletum averiguaba que, siendo un *nasraní,* montaba a caballo, su vida pendía de un hilo. Estaba convencido de que, si lo descubrían, de nada serviría alegar que contaba con un permiso del cadí de Ishbiliyah, entre otras cosas porque nadie le creería. Por eso, tras dejar su montura en un barato *fonduq,* Oso había emprendido a pie la minuciosa búsqueda de la morada de Yalal-ad-Din.

Estaba convencido de la certeza de su orientación. Sin embargo, fue una larga túnica de lana que, húmeda, colgaba de una cuerda esperando secarse la que le confirmó que había alcanzado su destino. Habían pasado los años pero, por lo visto,

Yalal-ad-Din seguía viviendo en el mismo lugar y practicando los mismos hábitos. Los hombres de la *Tariqqah* utilizaban aquel atuendo de una manera exclusiva y, hasta donde Oso tenía noticia, Yalal-ad-Din era seguramente el único que había llegado hasta las costas de la tierra que ellos denominaban Ishbaniya y que los *nasraníes* conocían como España.

Se detuvo un instante ante la maciza puerta de madera, respiró hondo e inclinó levemente la cabeza para, desde lo más profundo de su corazón, elevar una oración al Creador. Necesitaba que Yalal-ad-Din siguiera vivo y que además se encontrara en la casa. También le resultaba indispensable que le ayudara a dar con la dichosa raíz. Así tenía que ser porque de ello dependían la vida de su hija, la suya propia y muchas otras cosas que Dios sabía mejor que nadie. Cuando concluyó la plegaria, alzó la cabeza y dio un paso resuelto hacia el umbral. Luego levantó cerrada la diestra y golpeó la puerta.

La mano de Oso era ancha y sus nudillos se habían estrellado con decisión contra la rugosa madera. Sin embargo, le pareció que el ruido producido había resultado casi imperceptible. Estuvo tentando de volver a llamar, pero entonces creyó escuchar unos pasos sutiles, suaves, casi gatunos, y decidió esperar.

No se había equivocado. Un chasquido metálico le reveló que se había abierto la diminuta mirilla que cortaba la madera de la puerta. Sin embargo, se trató de un movimiento tan rápido que no tuvo tempo de vislumbrar los ojos de la persona que estaba oculta detrás del umbral. El silencio absoluto que volvió a caer sobre Oso le impulsó a hablar. No estaba seguro de quién podía ser su interlocutor, de manera que se expresó en árabe y luego repitió las mismas palabras en romance.

—Soy amigo de *Sayidi* Yalal-ad-Din. Dile simplemente que si la felicidad no es mayor en nuestras vidas, no se debe a que

Dios no sea generoso derramando vino, sino a que nuestras copas son pequeñas.

La persona que estaba al otro lado de la pesada puerta pareció vacilar un instante, pero cuando escuchó aquella enigmática frase por segunda vez volvió a caminar, esta vez alejándose del umbral.

Apenas tardó en regresar, pero a Oso aquellos instantes le resultaron eternos como el suplicio de los perversos en la Gehenna. De forma inesperada —esta vez no percibió los pasos— sonó un sólido y pesado cerrojo que se descorría en el interior y luego el férreo rozar de una llave grande en la engrasada cerradura. Cuando aquellas manipulaciones concluyeron, la pesada puerta se abrió suavemente hacia el interior de la casa. No produjo el más mínimo ruido y, mientras echaba un vistazo a los goznes, Oso pensó que Yalal-ad-Din debía de llevar a cabo un uso copioso de sebo para conseguir ese efecto.

Fue entonces cuando sucedió. Acababa de retirar la mirada de la jamba e inesperadamente se cruzó con unos ojos verdes. Aunque... no, no eran exactamente verdes. En aquellas pupilas un finísimo círculo pardo se veía orillado por una superficie clara, que le recordó inmediatamente el mar más hermoso que jamás hubiera podido contemplar. Pero no fue sólo la tonalidad de aquellos ojos lo que atrapó con un lazo invisible la atención de Oso.

De aquella mirada inefable se desprendía una luz, un vigor y, sobre todo, un hechizo que prendieron en él con la misma fuerza que habría caracterizado a un sortilegio poderoso e irresistible. Tardó un instante, casi tan eterno como la bondad del Altísimo, en percatarse de que aquellos ojos pertenecían a un rostro. Sin embargo, ese descubrimiento sólo contribuyó a turbarle todavía más. Las cejas bien dibujadas, la nariz perfecta y delicadamente proporcionada, los labios finos pero hermosamente sensuales... Todo aquello le produjo una sensación embriagadora que intentó neutralizar inmediatamente. Sonrió como si dominara totalmente una situación que le rebasaba casi por completo y dijo con aparente seguridad:

—Deseo hablar con *Sayidi* Yalal-ad-Din.

—Te está esperando, *Sayidi* —le respondió en romance una voz de acento desconocido en la que se aunaban de manera extrañamente indescriptible la dulzura, la firmeza y quizá, sólo quizá, un grano de divertida y oculta ironía.

Cuando la mujer dio media vuelta y comenzó a andar, Oso la siguió a lo largo de un pasillo angosto y apenas iluminado. Le constaba que la cofradía de la que era miembro Yalal-ad-Din resultaba conocida por su humildad de vida, pero aquella oscuridad le parecía excesiva. ¿Acaso podía existir algo más barato en aquella tierra que la luz que generosamente proporcionaba el sol?

Debieron de caminar una veintena de pasos antes de que la mujer que le precedía se detuviera y, alargando suavemente la mano, descorriera una espesa cortina de lana. No fue necesaria palabra alguna. Se limitó a dejarle paso y, cuando miró en el interior de la dependencia, Oso descubrió a su antiguo conocido sentado sobre una esterilla de esparto y estudiando un amarillento tratado escrito con caracteres arábigos.

—*Sayidi* Yalal-ad-Din... —dijo Oso con acento risueño.

El interpelado dio un brinco y se puso inmediatamente de pie con la intención de abrazar al *nasraní*.

—Sí, sólo podías ser tú. Sólo podía ser...

—Ahora todos me conocen por Oso —le cortó el recién llegado.

—¿Oso...? —titubeó Yalal-ad-Din un instante—. Sí...,
comprendo... Toma asiento y dime qué te trae hasta mi morada...

Oso hizo los honores a la invitación y se dispuso a informar
a Yalal-ad-Din del motivo de su visita, pero apenas había acep-
tado el ofrecimiento de su amigo se percató sorprendido de que
la hermosa fémina de ojos verdes no sólo no se había marchado,
sino que además se había permitido sentarse muy cerca. Jamás una
mujer se atrevería a observar semejante conducta en el hogar de un
muslim y, sobre todo, no lo haría con el rostro descubierto, mostrando sus labios, sus ojos y sus mejillas. Oso venció como pudo
la sorpresa que le embargaba y comenzó a relatar lo que le había
arrastrado hasta Toletum. Era un buen narrador, pero desde el
primer momento tuvo enormes dificultades para contar la causa
de su viaje. Hacía esfuerzos por concentrarse; sin embargo, una
fuerza irresistible, casi magnética, le impedía mantener los ojos
fijos en Yalal-ad-Din. Lo intentaba y lo seguía intentando siquiera por guardar las más elementales reglas de la cortesía, pero no
podía lograrlo por más que se esforzaba. Como si estuviera bajo el
influjo de un conjuro irresistible, su mirada se veía desviada hacia
aquellos ojos verdes que lo observaban aparentemente sin una
expresión especial, pero que él sentía que estaban ocupando tan
sutiles como un vino blanco y frío lo más profundo de su alma.

Mientras relataba a Yalal-ad-Din que había viajado hasta
Toletum en busca de la mandrágora y le hacía ver hasta qué punto
su ayuda resultaba indispensable, Oso no podía dejar de sentirse
asaeteado por cuestiones relativas a la identidad de aquella mujer.
Dudaba mucho que se tratara de una esposa de su amigo, porque la
cofradía a la que éste pertenecía vedaba terminantemente el matrimonio con los que no eran miembros de la misma y los rasgos de
aquella mujer obligaban ciertamente a descartar una procedencia

oriental. No sólo sus ojos claros, sino también el suave color dorado de sus cabellos y la delicadeza de sus facciones parecían apuntar a un origen situado más al norte que al este de España. Podría tratarse de una esclava, pero ¿a qué esclava se le permitiría estar presente en una conversación íntima entre dos hombres? Y, además, ¿acaso no se había manifestado Yalal-ad-Din vez tras vez enemigo de someter a otros seres humanos a la carga de la esclavitud?

Pensaba Oso en todo esto mientras concluía su escueta narración y procuraba no mirar aquel rostro que le resultaba tan suave e irresistiblemente cautivador. Finalmente, cuando el *nasraní* hubo terminado su relación y Yalal-ad-Din bajó la frente sumido en profundos pensamientos, la mujer se alzó delicadamente de la estera donde estaba sentada y abandonó en silencio la estancia.

Oso esperó a que transcurrieran unos instantes, los indispensables para que se alejara y no pudiera oírles, y entonces, abalanzándose sobre Yalal-ad-Din, le tomó de la gruesa manga lanosa de su túnica y le preguntó en un susurro apresurado:

—¿Quién es esa mujer? ¿Se trata de una esclava? ¿Has tomado esposa? ¿Es una pupila de la que eres tutor?

Yalal-ad-Din pareció despertar de un sueño y, medio sobresaltado, levantó la mirada hacia Oso.

—Por *Allah* que esa mujer te ha impresionado... —dijo sorprendido.

—No pretendo negarlo —concedió Oso—. ¿Quién es?

Yalal-ad-Din desplegó una sonrisa que dejó al descubierto dos filas de hermosos dientes iguales y blancos como la leche.

—Amigo mío —dijo tras unos instantes que a Oso se le antojaron eternos—. No es ni mi pupila, ni mi esclava, ni mi esposa. Es Belena.

CAPÍTULO 5

Oso no pudo evitar llevarse la mano a la barbilla al escuchar aquellas palabras. Yalal-ad-Din no le había aclarado en absoluto cuál era la condición de aquella mujer y, encima, la había definido con un término que le resultaba totalmente desconocido. Su dominio del árabe, la lengua de los conquistadores, era considerable, pero Yalal-ad-Din utilizaba ocasionalmente el *farsi,* el idioma de Persia, su tierra natal, y éste —Oso no tenía inconveniente en reconocerlo— le resultaba una materia abstrusa e ignota.

—¿Qué es una belena? —preguntó aparentando una serenidad que no tenía en absoluto.

Yalal-ad-Din lanzó una carcajada divertida. Oso se quedó sorprendido al ver aquella reacción de su amigo el persa, pero procuró ocultarlo.

—No se trata de una belena, es que ella se llama Belena —respondió Yalal-ad-Din sin dejar de reír.

—¿Quieres decir que ése es su nombre? —preguntó Oso aún más extrañado.

—Sí —contestó divertido Yalal-ad-Din—. Reconozco que no es un nombre habitual, pero en su tierra puede que sea incluso corriente.

—¿En... su tierra? —volvió a inquirir Oso cada vez más desconcertado.

—Belena viene de las regiones hiperbóreas —respondió Yalal-ad-Din sin poder evitar que la sonrisa abandonara su faz—. Me refiero a esos lugares situados al norte del globo, donde el sol casi nunca hace acto de presencia y donde durante buena parte del año la tierra se encuentra cubierta de nieve únicamente... No estoy del todo seguro, pero creo que ese conjunto de circunstancias explica el color claro de sus cabellos y esa extraña tonalidad de ojos que posee...

—¿Cómo vino a parar aquí? —preguntó Oso que, de repente, se había sentido inexplicablemente molesto al percatarse de la manera en que Yalal-ad-Din hablaba de los ojos de Belena.

—Es una larga historia, amigo mío —dijo Yalal-ad-Din sumiendo su rostro en una expresión de gravedad—. Belena pertenece al mismo pueblo que los hombres del norte.

—No conozco mucho de ellos —reconoció Oso—. Algo sobre sus incursiones, pero poco más...

—Yo también creía que no había mucho más que mereciera la pena saberse sobre ellos —concedió Yalal-ad-Din—, pero esta mujer me ha hecho cambiar de opinión.

—¿Ah, sí? —dijo Oso alzando las manos abiertas en gesto de sorpresa—. ¿Qué tiene de particular?

—Podría decirte que su belleza, pero te estaría mintiendo. Es mucho más que una mujer hermosa. Verás, Oso, los hombres del norte llegan a las costas de Al-Ándalus cada vez con más frecuencia. Matan, saquean, violan, destruyen. Generalmente consiguen un botín cuantioso y desaparecen en unas naves alargadas y rápidas como el viento que nadie puede alcanzar. Pero en ocasiones no son tan afortunados. Se confían demasiado o se retrasan saqueando, y entonces...

—... entonces los hombres del emir capturan a algunos, como a Belena —interrumpió Oso.

—Veo que a pesar de cambiar tu nombre por ese tan... animal conservas la inteligencia de los tiempos pasados —dijo complacido Yalal-ad-Din—. Pues sí, eso fue precisamente lo que sucedió con Belena. Iba en una de las expediciones y los tripulantes de su nave se confiaron demasiado. En lugar de saquear una de las poblaciones costeras, decidieron adentrarse por el interior. Seguramente no perdieron mucho tiempo, pero para cuando decidieron regresar a su barco ya habían llegado las fuerzas del emir.

—Y los capturaron... —dijo Oso.

—Sólo a ella, porque les pareció que podrían obtener un buen precio en el mercado de esclavos. A los hombres del norte los crucificaron —Yalal-ad-Din hizo una pequeña pausa al contemplar el gesto de desagrado que se había apoderado del rostro de Oso—. Supongo que debieron de llegar a la conclusión de que así las poblaciones costeras se sentirían protegidas y de que si se corría la voz sus compañeros de rapiñas se lo pensarían mucho antes de regresar.

—¿Y qué hacía tú en Al-Ándalus para poder comprarla? —preguntó Oso.

—No estaba en Al-Ándalus, Oso —respondió Yalal-ad-Din—. Además allí no fue posible venderla, porque ninguno de los siervos del emir la deseaba para su harén.

—Pero... —protestó sorprendido Oso.

—Había razones —le cortó Yalal-ad-Din—. Su cabello, sus ojos no son del gusto de aquella gente, y además... bueno, existía una circunstancia especial...

—¿Cuál? —preguntó Oso invadido por la ansiedad.

—Belena es seguramente mayor que tú. En los próximos años podría parir ya pocos hijos que se convirtieran en esclavos —dijo Yalal-ad-Din— y nadie quería comprarla. Finalmente, un comerciante del norte la adquirió por un precio reducido y la trajo a Toledo.

Oso decidió guardar silencio. Sin que pudiera impedirlo, la historia de la mujer estaba penetrando bajo su piel y sólo deseaba que Yalal-ad-Din la concluyera.

—Creo que el mercader se consideraba inteligente porque comenzaba su oferta diciendo que Belena tiene un diente mal colocado en la boca, pero que no debía arreglárselo, ya que si un rostro tan perfecto no tiene un poco de imperfección podría ofender a Dios.

—¿Inteligente? —protestó Oso—. Ese hombre sólo era un estúpido....

—No, no sólo —interrumpió Yalal-ad-Din—. Además de necio también era un pedante. La verdad es que nadie ponía interés al saber que de ella se podrían obtener pocos vástagos con los que aumentar el número de esclavos.

—¿Y a ti por qué...? —preguntó Oso intrigado.

—Bueno, ése es el corazón de la historia —dijo Yalal-ad-Din—. Como tú bien sabes, la simple idea de poseer a un hombre o a una mujer como se posee un caballo o un halcón me repugna. Jamás acudo a las ventas de esclavos en el zoco porque pienso que dejan de manifiesto algunas de las peores características del alma humana. Pero aquella mañana... Bueno, aquella mañana había estado leyendo un libro sobre animales que a nadie le ha sido dado a conocer en estas latitudes, como, por ejemplo, el *aspidojelone*.

—El aspido... ¿qué? —preguntó asombrado Oso.

—El *aspidojelone* —dijo Yalal-ad-Din mientras una extraña luz se encendía en sus ojillos—. Verás. Se trata de un gran monstruo que vive en el mar y que se caracteriza por dos propiedades. La primera es que cuando tiene hambre abre de par en par sus dos enormes mandíbulas y de ellas brota un olor especial...

—Cualquiera puede imaginarse la peste que saldrá de esa bestia... —comentó Oso.

—... que atrae a miles de pececillos que se traga —continuó Yalal-ad-Din sin hacer caso del comentario de su amigo—, y la segunda es que su tamaño es enorme, tanto que en estado de quietud puede ser confundido con un islote. Cuando está durmiendo o en reposo, algunos navegantes desembarcan en él para su desgracia, porque al despertarse la horrible bestia los engulle o los arroja al océano, donde perecen ahogados.

—¿Y? —preguntó impaciente Oso, que cada vez entendía menos adónde deseaba llegar su amigo.

—Bueno, yo había estado pensando en este monstruo y en cuál era la enseñanza espiritual que se desprendía de él, porque de todos es sabido que no existe una sola creación de *Allah* de la que no podamos aprender algo útil. Pero para poder sacar algún provecho, me resultaba indispensable saber si existía semejante bestia o no, ya que de no existir, nada podríamos aprender.

—Sí, creo que te sigo —dijo Oso—, pero no termino de entender...

—Claro; no terminas de entender porque no te molestas en escuchar todo hasta el final —dijo Yalal-ad-Din—. ¿Cómo podrías entender los problemas del álgebra sin estudiar esa disciplina hasta el final? ¿Acaso conoces alguna lengua que puedas hablar sin terminar de aprenderla?

—No, no, tienes razón. Termina —dijo Oso resignándose a que su amigo concluyera la historia uno o dos días después.

—Como te contaba, yo había salido de casa absorto en mis pensamientos y sin darme cuenta, sin pretenderlo, mis pasos se encaminaron hacia el zoco. La verdad es que no me fijé mucho en lo que se vendía o en quiénes compraban. En realidad, iba con la vista clavada en el suelo cuando de pronto apareció ante mis ojos...

Oso esperó devorado por la impaciencia que Yalal-ad-Din concluyera la frase, pero un estado de felicidad indescriptible parecía haberse apoderado de él, desfigurando su rostro con una sonrisa bobalicona. Durante un instante, el *nasraní* aguardó a que su amigo reaccionara. Luego contó en voz baja hasta cincuenta, pero siguió sin operarse ningún cambio perceptible en él. Al final, no pudiendo resistir más su impaciencia, dijo:

—Viste a Belena... claro.

Como si le hubieran liberado de un ensalmo, Yalal-ad-Din sacudió la cabeza.

—¿Belena? No, no era Belena. Era... era el *aspidojelone.*

CAPÍTULO 6

Por un instante, Oso no supo cómo reaccionar. ¿Acaso su amigo Yalal-ad-Din se había vuelto loco? ¿Durante su larga ausencia se había trastornado por los muchos y prolijos estudios?

—Allí —prosiguió Yalal-ad-Din ensimismado en su relato— se podía contemplar el terrible monstruo. Ah, tendrías que haberlo visto. Era igual, igual a las descripciones que yo conocía... Las enormes fauces abiertas, los peces que afluían a sus mandíbulas, los barcos que parecían cáscaras de nuez a su lado... Todo, absolutamente todo...

—¿Todo eso estaba en el zoco de Toletum? —preguntó, incrédulo, Oso.

—No, no... bueno, sí —dijo confusamente Yalal-ad-Din—. Verás, sí y no...

—Francamente, Yalal-ad-Din —dijo Oso a punto de encolerizarse—, cuando hablas de filosofía eres difícil de entender; pero ahora sí que no te comprendo.

—¡Porque tienes que escuchar hasta el final! —protestó el persa—. ¿En qué cabeza cabe que todo aquello estuviera en el zoco? Se hallaba trazado en el suelo, como si las distintas líneas procedieran del dedo prodigioso de un magnífico artista. ¡*Guay,* tendrías que haberlo visto! Naturalmente, intenté descubrir a quién pertenecía aquel dibujo y entonces... bueno, allí estaba...

—El *aspidojelone*...

—No, torpe —dijo, desalentado, Yalal-ad-Din—. ¡Belena!

—Definitivamente no te entiendo —resopló el *nasraní*.

—Era ella la que había dibujado aquel monstruo —dijo Yalal-ad-Din con una sonrisa beatífica— y no sólo el *aspidojelone*. No, con sus dedos seguía trazando en la arena figuras de sirenas y de dragones. Intenté acercarme a ella y entonces me percaté de que no era libre y estaba al otro lado de la cerca que separa a los esclavos de la gente corriente. ¡Aquella mujer de prodigiosa habilidad era una esclava!

—Y decidiste comprarla...

—Sí, pero tú sabes que los hombres de la *Tariqqah* no contamos con demasiados medios. No podía pujar en la subasta.

—¡Qué desesperación! —comentó Oso comprensivo.

—No, no, qué va —dijo despreocupado Yalal-ad-Din—. Me senté en un extremo de la plaza y elevé una plegaria a *Allah*, el Clemente, el Misericordioso, y le dije; «Tú sabes que esa mujer me sería a mí de más utilidad que a cualquier otro que sólo la desee para que le haga la comida o le caliente el lecho. Sólo yo sabré aprovechar su saber. Permite que yo pueda adquirirla y te prometo que le daré la libertad el mismo día que me lo pida».

—¿Y? —preguntó Oso cada vez más interesado.

—La mañana fue transcurriendo —dijo Yalal-ad-Din con una sonrisa divertida—, pero aquel necio mercader no conseguía vender a Belena por más que repetía sus vanas necedades sobre el rostro perfecto y el diente imperfecto. ¡Valiente majadero! Con facilidad se deshizo de un negro corpulento, de una pareja de cautivos *nasraníes,* de una joven morena de formas rotundas... Pero

Belena... *guay,* Belena seguía allí, aburrida, inclinada sobre el suelo y dibujando. Cuando el zoco comenzó a vaciarse porque se acercaba la hora de la comida, la única posesión que le restaba por vender era la joven. Entonces, cuando quedó de manifiesto que nada podría hacer por desprenderse de ella, me acerqué hasta él.

—Y la compraste...

—¿Aprenderás alguna vez a escuchar hasta el final? —preguntó Yalal-ad-Din—. No, no la compré. Me detuve ante él y le dije: esta mujer no te conviene. Es mejor que te desprendas de ella pronto porque corroerá tu bolsa hasta no dejarte una sola moneda, y una vez que pierdas tu caudal te quedarás sin salud.

—¿Y se lo creyó?

—Balbució, protestó, intentó cantarme las loas de la mujer. Pero en sus ojos descubrí que el miedo se había apoderado de él. Al final, clavó su mirada en mí. Luego dio media vuelta y se dirigió a donde estaba la mujer, la agarró por la muñeca y me la tendió para que me la llevara. Como ves era un necio tan grande que merecería que su nombre figurara escrito en docenas de libros.

—Me parece increíble —dijo Oso sorprendido por el desenlace de la historia— No dudo que se tratara de un estúpido, pero ¿acaso podía serlo tanto? No sé... ¿estás seguro de que no recurriste a la magia?

—Amigo... Oso, la mejor explicación suele ser casi siempre la explicación más sencilla —respondió Yalal-ad-Din—. Este hombre pertenecía a una región en la que los mercaderes son especialmente codiciosos. Cualquiera habría pensado que eso le llevaría a aferrarse a su posesión con uñas y dientes. La realidad es que el temor a que la mala suerte le desposeyera de los bienes que había amasado durante tanto tiempo pudo más que la esperanza de una pequeña ganancia.

—Ya —dijo el *nasraní* sin poder evitar la sensación de sorpresa— y así fue como te trajiste a Belena a tu casa...

—Sí, así fue. No quise lastimar su cuello colocándole una soga para arrastrarla por la calle. Le hice una seña y me siguió hasta llegar aquí. Entonces la invité a sentarse cómodamente, le entregué recado de escribir y le hice señas para que dibujara.

Yalal-ad-Din realizó una pausa y de nuevo la luz volvió a brillar en sus ojillos con un fulgor indescriptible.

—Créeme. Nadie, absolutamente nadie, sabe tanto de animales fantásticos como esa mujer. *Guay,* y no es eso lo mejor, no —Yalal-ad-Din bajó la voz como si deseara llevar a cabo una prodigiosa revelación que nadie debía conocer—. Lo más sorprendente es que ella los ha visto.

—¿Quééééé? —preguntó Oso sorprendido.

—Lo que oyes. Ha visto manadas de sirenas que nadan en los mares de las regiones hiperbóreas —comentó emocionado el persa—. Me ha contado que, a diferencia de lo relatado por algunos autores, no son hermosas y tampoco tienen cabellos de mujer. En realidad insiste en que sobre el rostro lucen largos bigotes. Bueno, ella sabrá, porque verlas, las ha visto, *guay,* las ha visto docenas de veces...

El *nasraní* movió la cabeza incrédulo. ¿Realmente podía ser cierto lo que le estaba refiriendo su amigo el persa o la mujer resultaba una extraordinaria embaucadora? Sin poderlo evitar, sonrió al pensar en esa posibilidad.

—... y ha contemplado al *aspidojelone* en multitud de ocasiones —prosiguió Yalal-ad-Din entusiasmado—. Incluso ha asistido a sus cacerías y dice que su cuerpo está lleno de una grasa blanquecina y compacta que los hombres del norte utilizan para calentar sus moradas y encender sus lámparas.

—¿Y estás seguro de que no miente? —preguntó Oso, escéptico pero divertido.

—*Guay...* ¿Mentir? No tiene ninguna razón para hacerlo. Yo le he prometido que puede marcharse cuando lo desee. Si los hombres del norte llegan algún día a nuestras costas, podrá subir al primero de los barcos que pase y regresar a sus inhóspitas y gélidas tierras. ¡Mentir! ¡Qué tontería! ¡Vas a ver! ¡Vas a ver!

Yalal-ad-Din dio un brinco, se puso en pie y salió de la habitación gritando:

—¡Belena! ¡Belena! ¡Ven! ¡Ven!

Oso estaba sumido en la más absoluta estupefacción. No se atrevía a poner en duda las palabras de su amigo. Pero, realmente, le resultaba muy difícil aceptar lo que relataba. Una mujer sabia..., bueno, sí, la Biblia contenía algunos ejemplos... Ahí estaban Déborah y Hulda, Esther y Raquel, pero..., pero que hubiera visto al monstruo marino que tanto apasionaba a Yalal-ad-Din, que hubiera contemplado sirenas... Sinceramente, le costaba mucho creerlo. No se podía despreciar la posibilidad de que quizá detrás de aquellos ojos verdes se ocultara una mente perversa de la que sería prudente guardarse. La verdad es que nunca se sabe cuándo se puede uno fiar de las personas...

—¡Aquí está, aquí está! —gritó Yalal-ad-Din arrancando al *nasraní* de sus pensamientos—. ¡Pregúntale lo que desees!

¡Guay, vamos! Entiende a la perfección el árabe y el romance.

Oso levantó la mirada y contempló a su amigo, eufórico, mientras sujetaba a Belena por la muñeca. La mujer llevaba... ¿qué era lo que llevaba en la mano e intentaba ocultar tras su espalda?

—Pregúntale, vamos, pregúntale —insistió el persa.

Oso carraspeó y dirigió la vista hacia el rostro de la mujer. Entonces, como si hubiera recibido un golpe en la frente, sus ojos verdes volvieron a desconcertarle. Fue sólo un instante, pero resultó lo suficientemente intenso como para confirmar sus sospechas de que Belena no era un ser corriente y de que haría bien tratándola con la más absoluta prudencia.

—*Ahi* Yalal-ad-Din —dijo finalmente Oso adoptando un tono solemne— me ha dicho que has participado en la cacería de cierto monstruo marino...

La mujer de los ojos verdes lo escuchó sin hacer un solo comentario, prácticamente sin mover un músculo de la cara.

—Me gustaría saber cómo unos débiles hombres pueden conseguirlo —concluyó el *nasraní* subrayando sus palabras con una mirada que advertía de que no estaba dispuesto a dejarse engatusar.

Belena miró un instante a Oso y luego abrió los labios:

—Es fácil. Durante horas, en ocasiones días, perseguimos a esos... monstruos. Cuando los localizamos procuramos aislar a uno de ellos porque no resulta extraño que naden en manadas. Entonces le damos muerte clavándole unas armas... ¿cómo os lo explicaría? Son como lanzas a cuyo extremo hay atada una cuerda. De esta manera no sólo evitamos perderlas, sino que además podemos arrastrar el animal hasta nuestros puertos.

—¿Y las sirenas? —preguntó Oso no del todo convencido de la veracidad del relato que acababa de escuchar.

—Sí, las he visto muchas veces —dijo con voz tranquila Belena—, pero no son como han relatado vuestros poetas. Son gordas, de piel áspera y húmeda, y en lugar de brazos tienen pesadas aletas, y...

—Pero ¿hablan? —la interrumpió Oso.

—Sí, claro que hablan —respondió Belena—. Pero su extraño lenguaje no lo conocemos, aunque no cabe duda de que a ellas les sirve para comunicarse. Algunos de los hombres de mi pueblo han llegado a capturarlas y a convivir con ellas, pero no es lo habitual. En ocasiones las cazamos para vestirnos con su piel. Sin embargo, por regla general preferimos las de otros animales...

¡Vestirse con piel de sirenas! Oso no pudo evitar que un desagradable escalofrío le recorriera la espalda. Decididamente tendría que cuidarse mucho de una mujer como la que ahora tenía enfrente.

—¿Satisfecho? —preguntó Yalal-ad-Din con gesto burlón.

Oso no respondió. Su corazón era en ese momento una curiosa mezcla de fuertes sensaciones que incluían en agitado torbellino la sorpresa, la admiración y la inquietud.

—Quizá —intervino Belena— seas tú ahora el que desee mostrarnos su conocimiento sobre animales...

Aquellas inesperadas palabras desconcertaron a Oso. Pero..., pero ¿quién se creía aquella mujer? ¡Era a ella a la que estaban examinando y no al revés!

—Mi amigo Oso sabe también mucho de animales exóticos —terció Yalal-ad-Din sin percatarse de la contrariedad que estaba experimentando el *nasraní*.

En el rostro de Belena se reflejó un gesto que lo mismo habría podido interpretarse como una señal de admiración que como un rictus burlón.

—Sí..., sí... —dijo atropelladamente Oso—. He visto elefantes, el animal que los árabes llaman *al-fil*..., también conozco el ibis..., y el león, y...

—Ya... —dijo la mujer con un tono que a Oso le pareció un tanto burlón.

—Aunque, en realidad, el ser fabuloso que mejor conozco es el osopez —añadió el *nasraní* dispuesto a abrumar a Belena.

Sin embargo, no fue la mujer rubia la impresionada por la mención de aquel animal imaginario. Yalal-ad-Din abrió los ojos desmesuradamente y exclamó:

—¿El osopez? Nunca he oído hablar de él. ¿Dónde lo has visto? ¿Existen osopeces en Al-Ándalus?

—¿Y los has cazado? —preguntó suavemente Belena haciendo caso omiso del interés de Yalal-ad-Din y sin abandonar su primer gesto.

Convencido de que la mujer se estaba burlando de él, Oso reprimió un gesto de contrariedad y en su lugar esgrimió una sonrisa que pretendía ser amable y condescendiente.

—¿Cazarlos? ¡Ja...! —dijo fingidamente risueño—. No se necesita mucho para cazar un animal. Un buen arco, un buen caballo, quizá un buen halcón... No, yo no cazo. Eso puede hacerlo cualquiera. En realidad... Bueno..., yo soy capaz de dormir a los animales. Casi... casi podría decirse que es una de mis especialidades.

El *nasraní* esperaba impresionar con aquellas palabras a Belena, pero contempló, sorprendido, que los labios de la mujer seguían sonriendo y, además, ahora dejaban entrever una cierta ironía que le llenó de inquietud.

—¿Así que puedes dormir a los animales? —preguntó Belena con un tono de voz que, de no haberle inspirado tanta prevención, el *nasraní* casi hubiera podido calificar de meloso.

—Sí, eso acabo de decir —respondió Oso intentando aparentar una seguridad que le estaba abandonando por momentos.

—¿Podrías dormir a éste? —interrogó Belena mientras sacaba de detrás de la espalda su mano diestra y en ella...

—¿Una gallina? —preguntó sorprendido Oso.

—¿Una gallina? —dijo Yalal-ad-Din como si de un eco de las palabras del *nasraní* se tratara.

—Sí, efectivamente, una gallina —asintió Belena fingiendo indiferencia—. Estaba recogiendo los huevos de la puesta diaria cuando me has llamado y no he tenido tiempo de soltarla. Claro que eso no es lo importante ahora. Permíteme, *Sayidi,* que insista. ¿Puedes dormirla?

Oso no respondió. Sin dejar de mirar a Belena, sujetó con la mano izquierda las patas amarillas de la gallina y la elevó hasta colocarla a la altura de sus ojos. Sólo la miró un instante, luego acercó la diestra a la cabeza del animal y, sin que hubiera llegado a tocarlo, éste se desplomó sumido en un sopor tan profundo como la muerte.

El *nasraní* miró de reojo a Belena y pudo comprobar satisfecho un ligero movimiento de su labio inferior. La había sorprendido. No, la había impresionado. De eso no cabía ninguna duda. Pero ¿qué se habría creído aquella sabihonda? Y todo porque decía..., a saber si era verdad..., que había participado en cacerías de monstruos marinos.

Satisfecho, Oso chasqueó los dedos corazón y pulgar y la gallina se irguió como si regresara del mundo de los muertos. Entonces, con un gesto dotado de una elegancia propia de la corte refinada de un gran rey, tendió el animal a Belena.

—Aquí tienes tu gallina —dijo pletórico de satisfacción.

Belena cogió el animal intentando que no se notara demasiado que tenía las manos ligeramente temblorosas. Mientras tanto, Oso dirigía una mirada sonriente a Yalal-ad-Din.

—Discúlpame, *Sayidi* —dijo inesperadamente Belena arrancando a Oso de la nube de satisfacción en que flotaba en esos momentos.

—¿Sí? —preguntó intrigado y sorprendido el *nasraní*.

—*Sayidi,* ¿podrías dormirme a mí? —preguntó Belena con un gesto facial que a Oso le resultó molesto e inquietante.

—¿A ti...? —interrogó sorprendido el *nasraní* mientras contemplaba cómo Yalal-ad-Din miraba hacia el techo como si buscara interesado una inoportuna gotera.

—Eso he dicho, *Sayidi* —respondió Belena aparentando una inocencia que a Oso le pareció odiosamente falsa.

—Sí..., claro que sí... —dijo Oso torciendo el gesto— Colócate enfrente de mí y observa mi dedo.

Belena obedeció las instrucciones que Oso acababa de darle. Se situó con gesto sumiso frente a él y observó cómo iba levantando el dedo índice de la diestra. Acabó situándolo frente a ella y un poco más arriba del lugar donde terminan las cejas y comienza la frente. Por un instante, Belena miró aquel dedo con una atención inusitada. Incluso pareció que sus párpados eran presa de un irresistible sopor y comenzaban a cerrarse sometidos a una fuerza superior a la de su voluntad. Oso reprimió una sonrisa de satisfacción, así como unos terribles deseos de ponerse a palmotear con aire de triunfo. Entonces, de la manera más repentina e inesperada, Belena abrió los ojos, dejó que se le dibujara una alegre sonrisa en los labios y, finalmente, lanzó una carcajada divertida que le sacudió todo el cuerpo.

CAPÍTULO 7

Aquella noche Oso durmió mal. Para ser justos, habría que afirmar de manera categórica que durmió pésimamente. Se movió y removió en el lecho que le había preparado Yalal-ad-Din y cada vez que sus ojos se entreabrieron en la vigilia nocturna le pareció ver a la extranjera de los ojos verdes. La manera en que Belena se había reído de él se le había quedado grabada profundamente en el alma. No es que estuviera irritado con ella. Tampoco podía decirse que le guardara rencor. Más bien lo que anidaba en su corazón era una sensación pesada y extraña de profundo desconcierto.

Sin duda, Belena era una mujer muy diferente a las que había conocido hasta entonces. A lo largo de su existencia, se había encontrado con distintas clases de hijas de Eva. En primer lugar, estaban las mujeres de los *muslimin*. Su relación con ellas había sido siempre escasa, esporádica y casi fantasmal. Sabía de su existencia porque ocasionalmente las había contemplado mientras paseaban por las calles o compraban en los zocos, pero no mucho más. La *sharia* implantada por los sucesivos emires obligaba a bajar la mirada ante su mera cercanía y, por supuesto, a guardar silencio si se cruzaban con ellas. El simple hecho de mirarlas —no digamos ya de intentar entablar conversación con ellas— constituía un delito que se podía pagar con la misma muerte o, al menos, con la flagelación. Claro que los que peor aguantaban esa situación eran los comerciantes *nasraníes*. No podían ser muy ásperos en sus regateos con una musulmana porque ésta podía amenazarlos con una denuncia por comportamiento inapropiado. Más de uno había sentido el látigo sobre las costillas por negarse a reducir el precio que pedía por unas especias o unas frutas...

Con las mujeres de los *yahud,* la situación no era ni mucho menos mejor. Sus familias las guardaban celosamente en el interior de las aljamas, y lo cierto es que no se les podía reprochar del todo. Si una de ellas era hermosa, podía acabar en el harén del funcionario de turno, y entonces lo más posible es que abandonara su religión para adoptar la de su esposo o señor. Paseando alguna vez por el arrabal judío, Oso había escuchado sus risas cantarinas tras las celosías de las casas; pero verlas... no, ahora no recordaba haber llegado a ver nunca a una hebrea.

En cuanto a las *nasraníes*... De ésas sí que había conocido unas cuantas, pero su suerte no era envidiable. A los catorce años la mayoría estaban casadas y era extraña la que no había dado a luz a su primer hijo al año siguiente de celebrarse la boda. Eran mujeres buenas, sufridas, duras en la adversidad y tiernas en los afectos, pero prácticamente ninguna podía hablar de otra cuestión que no fuera el cuidado de los pequeños, la crianza de los animales o la atención del hogar. Con el paso de los años, cuando se iban resecando y llenando de amargura y desilusiones caían con facilidad en las murmuraciones y se lamentaban entonces con tono quejumbroso de la conducta de su marido, de sus hijos y de sus vecinas. La misma madre de su hija Lara... No, no deseaba recordarla, se dijo, sofocando una repentina sensación de dolor que le trepó desde el estómago a la garganta.

Sin embargo, Belena... *guay;* como diría Yalal-ad-Din, aquella mujer era completamente distinta a cualquiera que no sólo hubiera conocido, sino que incluso se hubiera permitido imaginar o soñar. En ningún momento había tenido la sensación de que se sintiera atemorizada, impresionada o insegura. Más bien había sucedido todo lo contrario. Había dominado las distintas situaciones como si hubiera pasado por trances similares docenas de veces. Y, sobre todo, había algo en ella que, de manera muy especial, le seducía. Se trataba de un ser gracias al cual podía obtener nuevos conocimientos, aprender cuestiones ignotas, enlazar con saberes inesperados. Las otras mujeres sabían cosas, quizá incluso muchas, pero nunca le habían parecido a Oso atractivas. No es que las despreciara. No, sin duda eran necesarias y muy útiles. Sin embargo, a él no le atraía la mejor manera de batir mantequilla o de guardar el requesón. Belena, por el contrario, daba la impresión de haber visto precisamente aquello que él siempre había deseado conocer. Había contemplado sirenas con poblados bigotes y participado en la apasionante caza de terribles monstruos marinos, sabía de animales de los que seguramente él ni siquiera había tenido noticia y, sobre todo, estaba seguro de que ni te tenía miedo ni pretendía engañarlo.

Sí, quizá eso era lo más importante de todo. Las mujeres que se habían cruzado en su vida se habían sentido repelidas por su aspecto o aburridas por una conversación que consideraban extraña y sin sentido. No pocas, al final, habían intentado aprovecharse de él, o habían terminado fallándole. No, claro, él no iba a caer en el error de pensar que todas las mujeres eran así. Es verdad que su experiencia con ellas no había sido precisamente feliz, pero afirmar que todas las mujeres —o todos los hombres— son iguales es la conducta propia de la gente resentida o de miras estrechas incapaz de superar el romo conocimiento del vulgo o la amarga experiencia personal. Aunque Belena... Sí, sin duda ella era diferente. Tenía que ser diferente.

Logró dormirse de verdad cuando el sol estaba a punto de aparecer, amarillo y redondo, por el recortado horizonte de color malva. Fue un sueño profundo, espeso, negro y reparador en el que sobre docenas de imágenes extrañas y desvaídas se entrecruzó de manera casi ininterrumpida la presencia de Belena. Quizá se podría haber prolongado durante horas, al menos las suficientes para rehacerse de un viaje demasiado largo y agotador, y de unas emociones excesivamente fuertes e inesperadas. No fue así. Una ligera sacudida lo arrancó del mundo de los sueños y lo trajo, despistado e inconsciente, a la realidad. Durante unos instantes no supo dónde se encontraba, en qué hora del día se hallaba, ni qué estaba haciendo en aquel lugar. Luego, repentinamente, su mirada chocó con los ojillos divertidos de Yalal-ad-Din y su mente comenzó a reaccionar. En una rapidísima sucesión de impresiones desfilaron ante él su hija Lara, Abdallah, la soga de la horca, el cadí... Entonces, como si hubiera sido accionado por un invisible resorte, dio un rápido brinco y se incorporó en el lecho.

—¡Eh! No te asustes. Soy yo —dijo Yalal-ad-Din inquieto por la reacción de su amigo.

—Sí, sí, lo sé —respondió con voz ansiosa Oso—. Es que no he dormido muy bien y al despertarme ahora me he sobresaltado...

—Lo lamento sinceramente —dijo Yalal-ad-Din—, pero tengo que comunicarte una noticia y no es precisamente buena.

Una sombra de preocupación se extendió por la frente de Oso mientras sentía como si un agujero se abriera paso por su interior.

—¿Se trata de algo relacionado con Lara?

—No —sonrió Yalal-ad-Din—, no se trata de nada de eso. Tiene que ver con la raíz que estás buscando...

—No puedes dármela... —dijo apesadumbrado Oso.

—Sí, puedo hacerlo —intentó tranquilizarlo el persa—. He estado revisando mis existencias y, por lo menos, debo tener tres. El problema es otro.

—¿Cuál? —dijo Oso, cansado de la manera lenta en que Yalal-ad-Din se empeñaba en contar todo.

—Verás —respondió—: para que la mandrágora, que es como se llama esa planta, tenga eficacia, para que no pierda sus virtudes prodigiosas, debe extraerse de la tierra en una noche de luna llena y tiene que hacerse en el momento exacto en que los rayos del pálido astro acarician suave, casi dulcemente, el suelo.

—¿Y? —interrogó Oso desconcertado.

—¿Nunca sabrás escuchar una historia hasta el final? —protestó sonriente Yalal-ad-Din.

Oso guardó silencio y se resignó a que una información que podía transmitirse en un instante se alargara durante media mañana. Yalal-ad-Din era un hombre lleno de virtudes, pero sus defectos, aunque no resultaran graves, sí eran terriblemente gravosos.

—Oso, lo lamento mucho, pero hasta dentro de tres días no habrá luna llena —dijo al fin el persa.

Tres días..., otros tres que ya habían transcurrido en la venida..., no menos de dos para regresar... Aún le sobraban cuatro, pensó el *nasraní* intentando ver las cosas desde su mejor ángulo.

—Bueno —dijo al fin—, no es la mejor noticia que me han dado. Pero creo que aún dispondré de tiempo suficiente. Puede que incluso me sobre.

Una sonrisa de alegría se dibujó en el rostro de Yalal-ad-Din al escuchar aquellas palabras. Era obvio que había sufrido la angustia de que su amigo no pudiera cumplir el plazo y ahora se sentía aliviado.

—En ese caso... —comenzó a decir.

—En ese caso no debes preocuparte —dijo frotándose las manos Oso—, aunque sí deberíamos hacer otra cosa.

—¿El qué? —preguntó intrigado Yalal-ad-Din.

—¿Nunca puedes esperar a que terminen de contarte una historia? —dijo Oso con un acento fingidamente severo.

Una mueca de alumno atrapado en falta se apoderó de la cara del persa.

—Pase por esta vez —dijo Oso manteniendo su falso gesto de dureza—. Bien, lo que debemos hacer es desayunar.

Oso sabía por experiencia que las colaciones en casa de Yalal-ad-Din eran frugales. Sin embargo, no le importaba. Lo que pudiera faltar en alimentos que consumía habitualmente quedaba suplido por lo exótico de algunos ingredientes desconocidos en España antes de la llegada de los *muslimin*. Se sentó a la mesa convencido de que nada de lo que pudiera ingerir le defraudaría.

—Mira —dijo Yalal-ad-Din mientras alzaba un puchero de metal del que salía un chorro de vapor—. Ésta es una bebida llamada *shay*. Se elabora con una planta que crece en las faldas de las montañas del Hind. Con leche y azúcar resulta deliciosa.

No esperó a que Oso le diera su aquiescencia y vertió el extraño líquido en una copa que le tendió humeante.

Por un instante, Oso dudó. Abrasarse la lengua con aquel mejunje no formaba parte de sus proyectos para aquel día. Sin embargo, la curiosidad pudo con él. Se acercó la copa a los labios, sopló para templar la pócima y luego bebió un sorbo. El conjunto de sensaciones que invadió su lengua le pareció extraordinariamente sugestivo. El brebaje era, a la vez, fuerte y delicado, dulce y vigoroso.

—Es muy bueno —concedió al fin.

—Sí —dijo sonriente el persa—. Realmente lo es. Claro que hay diversas clases de *shay*. Éste es el negro, pero también hay otro verde que se cultiva en Kitay, donde los hombres tienen la piel amarilla y los ojos como cuchilladas. Ese *shay* no me agrada tanto, aunque si no hay otro...

Oso siguió paladeando el bebedizo mientras escuchaba las prolijas explicaciones de Yalal-ad-Din, que se había adentrado ya en las formas de cultivo, las clases de plantas y hasta los medios de transporte que existían para llevarlas desde los montes hasta las tierras llanas de Arabia. Mientras desarrollaba su ilustrado discurso, se inclinó sobre el bruñido puchero metálico a fin de servirse otra copa del líquido y dijo:

—No deseo ser indiscreto, Oso, y tú sabes bien que estoy encantado de ayudarte, pero me gustaría saber por qué este interés tuyo por la mandrágora.

—Bueno... —titubeó Oso—. Tú sabes de sobra que la adquisición de conocimientos siempre...

—... siempre te ha importado un rábano salvo que tuvieran una aplicación práctica o pudieran colmar tu ansia de fantasía. La mandrágora la conocías siquiera de oídas, de modo que mal podía satisfacer a estas alturas tu imaginación. Y en cuanto a aplicaciones prácticas... Bueno, no creo que estés pensando en tener hijos varones después de que ella...

—Te agradecería que no mencionaras ciertas cuestiones —le cortó ásperamente Oso.

—Está bien. No voy a hacerlo, pero ¿sería demasiada indiscreción saber para qué deseas la mandrágora?

Oso bebió un sorbo más de *shay* y luego, en ininterrumpida sucesión, otro y otro y otro más hasta que la panzuda copa quedó vacía. En su rostro ancho, de barba entrecana, los ojos acababan de experimentar una curiosa mutación. Si normalmente aparecían divertidos o serios, ahora se habían llenado de una acuosidad que dotaba a su cara del aspecto de un niño bueno víctima de una maldad.

—No estás obligado a contarme nada... —dijo Yalal-ad-Din al percibir la pena que embargaba a su amigo.

Oso sacudió la mano en el aire como si rechazara el comentario del persa y dijo:

—Si no regreso con la mandrágora en el plazo convenido, matarán a mi hija Lara.

—¿Que harán qué? ¿Quién va a hacer eso? —dijo Yalal-ad-Din alarmado—. ¿Por qué no me lo has dicho antes?

—El cadí de Ishbiliyah me condenó a muerte. En realidad, estaba a punto de arrancarme la vida colgándome de un árbol cuando le ofrecí proporcionarle una planta mágica que le otorgaría la posibilidad de tener hijos varones. Es un viejo decrépito, ¿sabes? El muy necio estuvo de acuerdo en perdonarme si le llevaba la dichosa raíz, pero uno de sus oficiales, un canalla llamado Abdallah, se empeñó en retener a mi hija en calidad de rehén. Lara es la garantía de que yo regresaré a tiempo con la mandrágora y, si no lo hago, la degollarán.

—*Al-lahu akbar* —dijo sobrecogido el persa—, pero ¿cómo se les ocurrió matarte? Es cierto que no eres un *muslim* pero, a cambio, eres un hombre bueno y sabio y conoces tantas cosas... Cualquier rey estaría orgulloso de tenerte en su corte...

—Me temo que eres muy generoso en tus opiniones hacia los demás —dijo Oso con amargura.

—Pero yo te conozco... —insistió el persa—, tú no has podido cometer ningún acto vil ni vergonzoso..., me jugaría la vida por ello.

—Amigo Yalal-ad-Din, es dudoso que yo sea tan bueno como piensas. Pero, aunque así fuera, ni siquiera eso bastaría para poder sobrevivir pacíficamente en Al-Ándalus —comenzó a decir pausadamente Oso—. Ignoro cuál es la situación de los *nasraníes* en tu tierra. Aquí, en todo el territorio que controlan los *muslimin,* no somos sino seres poco mejores que perros. Tuve que ocultar mi caballo en un *fonduq* antes de llegar a tu casa porque que me hubieran visto cabalgando podría haberme costado la vida, y no porque mi montura fuera robada o tuviera una enfermedad que pudiera transmitir a los ancianos o a los niños... ¡No! ¡Qué va! Fue solamente porque ninguno de los míos puede ir a una altura mayor que la de un *muslim...*

Oso guardó silencio por un instante. Luego se puso en pie y se dirigió a una de las ventanas de la estancia.

—Los *muslimin* nos llaman *dimmíes,* «los protegidos». Pero la realidad es que sólo somos unos esclavos que entregan su vida hasta el último aliento para que esta tierra siga dando sus frutos. Nadie, ni siquiera los *yahud,* paga tantos impuestos como nosotros. Cada año, los *nasnaríes* debemos pagar el impuesto de *jarash* por la cosecha y la *shizia* por cada una de las bocas que hay que alimentar en el seno de una familia. Es fácil que tras abonar esas tasas, buena parte de las casas no puedan disponer ni siquiera de un pedazo de pan para alimentarse.

Yalal-ad-Din guardó silencio. La situación política de las gentes nunca le había interesado e incluso la consideraba como algo sin mucha importancia. Sin embargo, sentía como si Oso se hubiera convertido de repente en una herida purulenta que necesitara vaciar todo el pus que la invadía, por lo que optó por dejarle hablar sin interrumpirle.

—Los campos que dan de comer a esta ciudad y a cualquier otra —prosiguió Oso sin volver la mirada— son siempre cultivados por *nasraníes*. Para ellos no existe el descanso, ni los días de fiesta. Sólo les espera un trabajo que se extiende de sol a sol. No gimen, no rechistan, no se quejan... Pero si un año, si tan sólo uno, no llegaran a pagar la *shizia*, el emir o los cadíes que están a su servicio ordenarían la esclavitud del deudor e incluso, si así les complaciera, su muerte...

Yalal-ad-Din dio un respingo. De repente, como si una luz se abriera paso trabajosamente en medio de una habitación en penumbra, había comenzado a ver claro.

—¿Quién era, Oso? —preguntó con un tono de voz mortecino, apesadumbrado.

—¿Importa mucho? —dijo Oso apartándose de la ventana y clavando sus ojos en el persa—. Su padre era un hombre bueno y honrado que, durante años y años, había trabajado para malvivir y alimentar a su familia. Pero este año..., este año la cosecha fue miserable y no pudo abonar el pago de la *shizia*. El funcionario, un bereber llamado Abdallah, le dio a escoger entre la muerte o la esclavitud, es decir, entre su muerte mediante una ejecución o la de su familia por hambre. Aunque Abdallah no buscaba ni una cosa ni otra...

Oso se detuvo y Yalal-ad-Din pudo comprobar que sobre sus ojos se había posado una nube de pesar.

—El hombre tenía una hija de catorce años —prosiguió apesadumbrado el *nasraní*— y Abdallah deseaba convertirla en una de sus concubinas. Como muestra de generosidad..., ¡de generosidad...!, ofreció al miserable padre saldar la deuda si le entregaba a la muchacha...

—Creo que entiendo... —balbució en voz baja el persa.

—No dije nada a la familia —prosiguió Oso como si no hubiera escuchado las últimas palabras de Yalal-ad-Din y sólo deseara concluir el relato—. Esperé pacientemente a que Abdallah concluyera la transacción, a que firmara y sellara el documento que saldaba la deuda a cambio de la entrega de la joven, y entonces actué. Fui siguiendo durante todo un día a la muchacha y a los dos soldados que la escoltaban... Bueno, para no entrar en detalles te diré que antes de que llegaran a Ishbiliyah les había arrebatado a la joven con todo lo que llevaban encima.

—¿Tú? —dijo sorprendido Yalal-ad-Din—, pero ¿cómo? Si tú nunca has sabido manejar con destreza la espada...

—Es que no la utilicé —dijo Oso con una súbita expresión pícara—. Les gané la muchacha y algunas otras cosas jugando a los naipes.

—Sí, ya dice el Corán que los *muslimin* deben mantenerse alejados de las tabernas, de los vinos y de las flechas adivinatorias —comentó irónicamente Yalal-ad-Din.

—También dice que no hay que oprimir a los débiles, y al emir y a sus cadíes les trae absolutamente sin cuidado —musitó con tristeza Oso.

—¿Y cómo descubrieron que eras tú el culpable? —preguntó Yalal-ad-Din.

—Fue muy fácil —respondió Oso con gesto divertido—. Durante cuatro días cabalgué hacia el norte, hasta la frontera con los *nasraníes*. Al llegar entregué a la muchacha todo lo que había sacado a los guardianes y le deseé muchas bendiciones de Dios para su nueva vida. Cuando regresé a la aldea, Abdallah había arrancado a latigazos la verdad a aquel par de bobos y me esperaba para ahorcarme.

—Pero la culpa era de ellos —protestó Yalal-ad-Din—. Nadie les obligaba a jugar contigo y menos a apostar a un prisionero.

—No —cortó Oso—. Debemos ser justos hasta con los malos y los necios. Yo les tendí una trampa. Sólo pretendía embaucarlos; con un fin bueno, es cierto, pero embaucarlos. Abdallah puede ser perverso, pero no es estúpido, y comprendió perfectamente lo que había acontecido.

—Y así fue como te condenaron a muerte... —concluyó Yalal-ad-Din.

—Exactamente —dijo Oso con una sonrisa divertida—. Claro que también hay que decir que Abdallah venía buscando cómo acabar conmigo desde hacía bastante tiempo. En Al-Ándalus, todas las fincas están en manos de árabes. Sí, es verdad que en algunos territorios inhóspitos han permitido a los bereberes que los ayudaron a invadir España que exploten algunos pedazos de terreno, pero son excepciones. Las tierras más productivas, las más feraces, las más fértiles como las que hay aquí en Toletum pertenecen a las grandes estirpes venidas de oriente, a la *jassa* árabe, a los miembros de los *coreishíes*, la familia de Mahoma. Ésos son los mismos que ocupan la mayoría de los cargos más importantes del funcionariado y del ejército. Abdallah es sólo un bereber que aspira a hacer méritos, a medrar, a ascender, y está dispuesto a hacerlo con nuestro sudor y nuestra sangre.

—Y tú te dedicabas a impedírselo —dijo el persa.

—Por lo menos, hasta ahora lo intentaba. No me comportaba así por animosidad personal contra él, sino por defender a los desvalidos —comentó Oso con gesto de pesar—, pero ¿quién sabe lo que sucederá en el futuro?

—No, Oso, no te preocupes —le interrumpió Yalal-ad-Din—. No conseguirá hacer triunfar sus propósitos. Haré todo lo que esté en mi mano para que tu hija y tú salgáis con bien de esta aventura.

Oso se apartó de la ventana con gesto decidido, cruzó la sala resueltamente y dio un abrazo a su amigo.

CAPÍTULO 8

Oso no se atrevió a abandonar la casa de Yalal-ad-Din durante los dos días siguientes. Era, a fin de cuentas, un *nasraní* que posaba en el hogar de un *muslim,* y cuanto menos llamara la atención mejor resultaría para todos. Pero además de la prudencia había otro motivo que le encadenó con fuerza a la humilde morada del persa. Mientras se dedicaba —es cierto— a husmear en la biblioteca y el laboratorio de Yalal-ad-Din, su mayor interés, por la mañana, por la tarde y por la noche, consistía en encontrarse con Belena y poder hablar con ella.

Inicialmente se trató sólo de algunas palabras, de algunas frases lanzadas como el pescador arroja la red, sólo que en esta ocasión lo que se pretendía atrapar era una respuesta. Oso siempre la obtuvo. A diferencia de otras mujeres que había conocido, Belena no parecía encerrar en su corazón ningún tipo de segundas intenciones. Respondía con espontaneidad sin caer en el descaro, pero tampoco descendía hasta la obsequiosidad. Así, casi sin darse cuenta, Oso fue corroborando su impresión prístina de que en aquella mujer había algo de especial, algo que no había encontrado nunca antes, algo cuyo valor debía exceder sin duda al de tantas cosas que habían pasado ante sus ojos y entre sus manos a lo largo de su asendereada existencia.

Confirmó de esta manera que Belena era una mujer sabia pero, sobre todo, que tenía una sensibilidad, una inteligencia y una delicadeza que nunca antes había encontrado ¡y además había participado en la caza de monstruos marinos...! Y cuando Oso descubrió que lo que le sucedía era que estaba enamorado como nunca antes lo había estado, comprendió por fin todo. Entendió lo difícil que le había resultado conciliar el sueño, el vacío que se le formaba ocasionalmente en la boca del estómago, la dificultad para respirar y la sed insaciable de contemplar aquellos ojos verdes. Entonces llegó, con enorme facilidad, a una conclusión: la de que no podría ser feliz, la de que ni siquiera podría volver a ser él mismo si Belena no compartía su existencia.

Para desgracia suya, una cosa era lo que él sintiera y otra muy diferente las posibilidades reales de que disponía para llevar a la práctica sus propósitos. Belena era, en realidad, una mujer libre. No podía comprársela a Yalal-ad-Din como si se tratara de una esclava. Tampoco podía discutir con sus padres las condiciones del matrimonio. Sabía que permanecería en

Toletum sólo mientras fuera su voluntad y presentía que, cuando los hombres del norte regresaran a las costas de Al-Ándalus, sin avisar marcharía a su encuentro con la intención de volver a reunirse con los suyos.

Ignoraba Oso qué vínculos seguía manteniendo Belena con aquella tierra donde el sol casi nunca hacía acto de presencia, pero no deseaba tampoco saberlos. Temía que si los averiguaba sus esperanzas —que él sabía reducidas— se vieran definitivamente aniquiladas. Quizá aquella mujer prodigiosa tenía un esposo, incluso hijos que la estarían esperando. Casi con toda seguridad contaría con una familia. ¿Por qué iba a desear entonces compartir la vida de un perseguido de la justicia, con una hija que no era suya y en un país extraño? Y cuando Oso llegaba a ese punto de su razonamiento, sentía como si una pena cruel e invencible le vaciara despiadadamente el corazón para, punto seguido, ocupar el hueco que había dejado en él y destrozarle a dentelladas el alma. De esta manera, transcurrieron dos días divididos entre los momentos maravillosos en que tenía la incomparable ventura de contemplar y escuchar a Belena y los ratos de reflexión en que pensaba que nunca podría ser suya. Así llegó el esperado momento de extraer la mandrágora de las entrañas de la tierra.

Yalal-ad-Din le anunció al amanecer del tercer día, apenas concluidas sus oraciones rituales, que aquella noche llegaría el tiempo especial en que podrían recoger la extraña raíz. Sería conveniente, añadió, que procurara no desperdiciar sus pensamientos en cosas vanas y de poco fruto y que se centrara en la importancia del cometido que iba a llevar a cabo.

En otro momento, a Oso aquella petición le habría resultado sumamente fácil de ejecutar, pero en las particulares circunstancias por las que estaba atravesando en los últimos días constituía un sacrificio de no escasas dimensiones. Su excitada mente ansiaba continuamente volar al encuentro de Belena. Sin embargo, la solemnidad de la ocasión no se lo permitía. Se inició de esta manera una jornada en la que Oso sujetó sus pensamientos como si se trataran de un brioso corcel, utilizando los libros y la oración a modo de bridas. Confirmo así, tal y como había tenido ocasión de descubrir ya hacía años, que la lucha de la mente resulta no pocas veces más ardua y áspera que la que experimentan los miembros del cuerpo. Lo cierto es que, tras combatir contra sus contumaces pensamientos a lo largo del día, quedó totalmente extenuado.

Acababa de verse sumido en un profundo sueño cuando sintió un suave toque en el brazo. Despertó con una completa sensación de agotamiento que le envolvía todo el cuerpo igual que el rocío neblinoso cubre los campos. Sin embargo, al despegar los párpados, su cansina mirada dio con la de Belena y una extraña sensación de paz se extendió por todo su ser.

—Yalal-ad-Din te espera —se limitó a decirle la mujer.

Oso se incorporó de un salto, se frotó los brazos para desperezarlos y, a continuación, siguió a Belena por el estrecho corredor de la vivienda. No era muy largo y apenas tardaron en desembocar en un huertecillo cuadrado que se encontraba en la parte trasera de la casa. Otros toledanos aprovechaban superficies similares para plantar unas verduras, criar algunos animales de corral o incluso cultivar algún árbol que les diera fruta. Constituía, desde luego, una manera nada desaprovechable de complementar una dieta generalmente frugal. Yalal-ad-Din había decidido cobijar sus gallinas y palomas en la minúscula planta alta de la vivienda y dedicaba el pequeño huerto a cultivar plantas que, si no alimenticias, al menos sí eran terapéuticas o, cuanto menos, exóticas y peregrinas.

Oso buscó con la mirada a su amigo y lo encontró en un rincón, erguido y con el rostro embargado por una expresión grave. Llevaba su tradicional túnica de lana blanca, pero la extraña claridad de aquella noche le brindaba un brillo enigmático e inquietante. Fue así como Oso se percató de que ya se había puesto el sol y de que la luna debía relucir con un esplendor especial. Alzó los ojos al cielo y la descubrió redonda, blanca, luminosa y casi sonriente. Respiró hondo, como si necesitara limpiar su interior con el aire nocturno, y se encaminó al lugar donde se encontraba su amigo.

—*Ajlán ua sajlán,* Oso —dijo con voz amable el persa—. Ha llegado el momento. Sólo tú puedes extraer la mandrágora de debajo de la tierra, pero debes hacerlo siguiendo puntualmente mis instrucciones.

—Estoy dispuesto —respondió Oso con emoción contenida.

—La mandrágora tiene exactamente la forma de un hombre. De ahí las virtudes que la acompañan —comenzó Yalal-ad-Din—. Si uno solo de sus miembros se rompe o se daña al ser extraída de la tierra, perderá también sus mágicas cualidades.

—Entiendo. Lo haré con el mayor cuidado —dijo Oso.

—No bastará con eso —le interrumpió el persa—. Ni un solo hilo de luz debe caer sobre la raíz hasta que su totalidad haya sido sacada de debajo del suelo.

—Pero entonces no la veré... —dijo un tanto desalentado Oso.

—Sí, no podrás verla —corroboró Yalal-ad-Din—. Precisamente por eso tienes que ser especialmente cuidadoso. Deberás encontrarla utilizando las manos con enorme delicadeza y una vez que des con ella, con la mayor sutileza tendrás que ir liberando de la tierra todas y cada una de sus partes. Sólo cuando sientas con el tacto que toda la planta está en tu poder, deberás volverte y dejar que la luna la bañe. ¿Has entendido?

Oso asintió con la cabeza. Entonces el persa estiró el brazo e indicó un lugar concreto situado en la superficie del huerto. El *nasraní* se inclinó sobre el suelo y lo acarició con la palma de las manos con la misma delicadeza que habría tenido para manifestar su cariño a una criatura de pocos años. Dio un par de pasadas y creyó notar una elevación apenas perceptible en la tierra. Entonces se arrodilló para proporcionarse una mayor estabilidad y enarcó las espaldas como si pudiera así aumentar su volumen y con él la sombra que debía servir de protección a la mágica raíz. Sin despegar los labios, elevó una oración a Dios pidiéndole no por él, sino por una niña inocente que no tenía ninguna culpa de las acciones de su padre, por una vida apenas iniciada que terminaría si aquella empresa no salía bien.

Tras concluir la breve plegaria, con la mayor suavidad de la que fue capaz, hundió el dedo índice de la mano derecha en tierra. No le pareció que hubiera dado con nada, pero no se detuvo. Con extremada lentitud, comenzó a trazar pequeños círculos y a retirar poco a poco la tierra que desalojaba de su sitio. No habría podido precisar el tiempo que estuvo desarrollando aquel movimiento, pero no tardó en hacérsele interminable. Por más que pretendía mantener su pensamiento centrado en aquella tarea, no podía evitar que volara hacia otros recuerdos. Mientras acariciaba la tierra en busca de la llave de su salvación, su mente se fue llenando con imágenes de Lara, de Abdallah, de la muchacha salvada, de Belena y, al llegar a la madre de su hija consignó, dolorido, que las mujeres habían sido mucho más importantes en su existencia que los hombres, y no siempre para bien.

Estaba a punto de dejarse llevar por recuerdos no siempre gratos cuando su índice rozó una superficie cuyo tacto resultaba distinto del que ofrecía la rugosa tierra. Se trató sólo de un instante, pero le pareció algo liso, frío y, quizá, blando, al menos más de lo que sería un trozo de madera o de metal.

Se detuvo entonces y, sin darse cuenta, contuvo la respiración. A continuación regresó a aquel objeto e intentó cubrirlo con dos dedos. No era posible. Sólo un pedazo diminuto había quedado desenterrado. Debía proceder con el máximo cuidado si no quería que aquella garantía de libertad se malograra.

Se percató entonces de que sus nociones sobre la forma exacta de la mandrágora eran demasiado escasas. Sí, sabía que tenía un aspecto similar al de un hombre, pero ignoraba totalmente si la parte que parecía haber tocado era la correspondiente a la cabeza, al tronco o a alguna de las extremidades. Trató entonces de ensanchar lo más posible su radio de acción. Dejó la superficie de la raíz y comenzó a acariciar la tierra a un palmo de distancia. Fue así trazando un círculo que le permitió delimitar con toda exactitud la zona en la que estaba enterrada la mandrágora y luego, valiéndose de movimientos concéntricos, fue acercándose a la ansiada raíz. Aquella labor no le ocupó menos de una hora y en varios momentos tuvo que vencer la tentación de comenzar a sacar la tierra a puñados, a tirones, incluso a mordiscos. Le contuvo el pensar que de nada serviría lo trabajado hasta entonces si dañaba fatalmente aquel objeto.

Cuando concluyó aquella fase, ante sus dedos quedó expuesta una superficie de aspecto ovoide de la que sobresalían acá y allá pequeñas raicillas de un color pálido. Su tacto suave y blanquecino las distinguía de las propias de cualquier árbol, aunque las asemejaba a otras de carácter comestible.

Ahora Oso fue avanzando sobre la planta, lenta, segura e inexorablemente, como si se tratara del ejército que asedia una ciudad. Con sumo cuidado fue apartando cada grano de tierra, cada terrón de suelo, cada impureza del terreno, mientras ante su mirada, menos aguda de lo que él habría deseado, aparecía un objeto extraño pero que le resultó a la vez fascinante. Finalmente, tras un par de horas más de afanosa tarea, la mandrágora quedó expuesta a la mirada de Oso.

Le dio la impresión de que se trataba de un extraño enanito de un color blanquinoso semejante al del marfil viejo. Su cabeza, grande pero sin ojos ni boca ni nariz, quedaba unida por un menudo cuello a un cuerpo abombado del que salían dos brazos y dos piernas bien definidos. Las extremidades carecían de manos y de pies, pero a cambio se prolongaban en minúsculas ramificaciones que a Oso se le antojaron infinitas siquiera porque no podía permitirse perder ni una sola y todas las hubo de limpiar con más cuidado del que habría puesto para pelar un alimento que tuviera que llevarse a la boca.

Por un instante, cuando ya hubo finalizado su tarea, Oso padeció la ilusión de encontrarse ante un ser realmente vivo. Tuvo incluso la sensación de que el pecho de la mandrágora subía y bajaba suavemente, como si estuviera respirando, e incluso le pareció que una boquita fina y negra se abría en su rostro brindándole una sonrisa de recepción, casi, casi de bienvenida. Sorprendido, Oso parpadeó con fuerza y al abrir nuevamente los ojos se percató de que la raíz era sólo un objeto inmóvil y frío. Entonces recorrió con las yemas de los dedos sus contornos para asegurarse de que ni una sola de aquellas raicillas quedaba atrapada en la tierra y podía quebrarse al levantarla del suelo. Cuando quedó satisfecho, pasó con cuidado, casi con ternura, dos de sus dedos por debajo de la raíz y comenzó a desprenderla de la tierra. Salió con facilidad, casi como si no hubiera tenido contacto con la superficie, como si hubiera flotado sutilmente en el aire.

Mientras sujetaba la mandrágora cuidadosamente valiéndose de las dos manos, Oso miró de reojo a la luna llena que brillaba a sus espaldas. No podía verla bien, pero por la oscuridad decreciente de la noche toledana comprendió que de haber tardado un poco más en desenterrar la planta habría perdido la posibilidad de utilizarla. Ahora no debía permitirse el desperdiciar ni un solo instante.

Con cuidado, procurando no perder el equilibrio, Oso intentó girar hacia la derecha moviéndose sobre sus rodillas. La sensación de que un millar de hormigas le reconcomía las piernas le avisó de que se le habían dormido y la punzada aguda en las rótulas le recordó por añadidura el tiempo que llevaba en aquella incómoda posición. Se detuvo un instante y respiró hondo como si deseara absorber junto con el aire la fuerza indispensable para concluir su delicada misión. Luego, de un movimiento rápido pero diestro, se colocó frente a la luna y alzó en el aire, como si de un bebé se tratara, la mandrágora.

Por un momento, todo pareció oscurecerse, deslumbrado por una luz lunar que resultaba mucho más potente de lo que habría podido imaginar. Luego, con rapidez, experimentó la sensación de que la raíz se ennegrecía y de que una blanquecina luminosidad contorneaba su silueta hasta llevarla a recuperar su color claro.

—Lo has hecho muy bien —sonó con mal reprimida emoción la voz de Yalal-ad-Din.

—Sí, muy bien —le hizo eco una conmovida Belena.

Entonces Oso recordó que no había estado solo durante aquel trance, que en todo momento, a su lado, aunque no se les oyera, seguramente porque no deseaban distraerle, habían estado el persa y la mujer del norte, y al percatarse de ello sintió que una corriente de gratitud invadía cada rincón de su ser.

Por un instante se detuvo en aquellos dos rostros. El de Yalal-ad-Din era el propio del maestro satisfecho, del amigo contento, del ser que nos ama y se alegra con nuestros triunfos. El de Belena... Sorprendido, Oso descubrió algo especial en la cara de la mujer. Fue consciente en un solo instante de que ella se esforzaba por ocultarlo, de que hacía todo lo posible porque no saliera a la luz, pero sus labios, que temblaban imperceptiblemente, y sobre todo sus hermosos ojos verdes, la denunciaban de una manera que casi podría haberse definido como clamorosa. Era como si se hubieran convertido en ventanas que permitieran asomarse a su alma y mostraran, diáfano y puro, todo su interior.

—Toma —dijo tendiendo la mandrágora a Yalal-ad-Din—, casi no puedo levantarme y no me gustaría caerme llevando esto.

El persa tendió las manos y cogió la raíz prodigiosa con la misma suavidad que habría empleado en abrazar a un niño. Luego, dándose la vuelta, se dirigió silencioso hacia la entrada de la casa.

Oso le vio marchar y entonces se percató de que Belena seguía inmóvil cubriéndolo con su mirada.

—¿Querrías ayudarme a levantarme? —le dijo Oso con una sonrisa.

Belena dio unos pasos hacia él y le tendió la mano. Oso se aferró a ella y se impulsó hasta ponerse en pie. Notó entonces que el molesto hormigueo se agudizaba por debajo de sus doloridas rodillas y que se convertía en insoportable en la planta de sus pies.

—Me va a costar caminar... —dijo con un tono de voz que casi parecía una disculpa—. ¿Podría cogerte del brazo para llegar hasta la casa?

No esperaba una respuesta afirmativa, pero lo cierto es que Belena le miró, reprimió una sonrisa y le tendió el brazo para que se asiera de él. Oso decidió aprovechar aquella inusitada muestra de generosidad y mientras, renqueante, iba llegando a la puerta, sintió que el leve contacto con el brazo de Belena le inyectaba un calor dulce y estimulante que no había percibido desde hacía muchos años. Fue entonces cuando en su mente reapareció un dicho que había escuchado en algún momento de su vida —no sabía exactamente en cuál— y que se refería a la audacia. Calculó que en dos o tres pasos más estaría en la puerta que separaba el huerto de la casa. Tenía, por tanto, que darse prisa...

Se detuvo en seco, hizo un movimiento con el brazo para que Belena se viera obligada a mirarle de frente y le dijo con un tono de voz humilde:

—¿Puedo besarte?

Belena aparentó no inmutarse al escuchar la inusitada petición. Desde luego, los hombres que la habían besado a lo largo de su vida jamás habían pedido permiso y, de haberlo hecho, jamás habrían utilizado aquel tono. Oso no apartó la mirada de ella. Por un instante temió que una negativa cortante como el agudo filo de un alfanje moruno emergiera de la boca de la mujer y segara despiadadamente una historia que aún no había comenzado. Sin embargo, sus bellos ojos verdes y, sobre todo, un ligerísimo temblor de la comisura de los labios le indicaron que...

—Sí, puedes —respondió Belena con una voz que aparentaba ser tan fría como las regiones hiperbóreas de las que procedía.

Oso no se hizo repetir aquella concesión. Abrió los brazos y la abarcó con ellos como si fuera un cálido manto que protege de los efectos de una terrible helada. Después inclinó la cabeza y buscó tierna y fugazmente sus labios. Belena respondió no con frialdad o resistencia, sino con un calor que llevó a Oso a pensar que también había deseado aquel momento desde hacía tiempo y que, como él, también se había controlado hasta entonces. Pero aquella favorable sensación duró apenas un instante. Como si estuviera arrepentida de haberse mostrado débil, Belena se apartó levemente de Oso y con una sonrisa que rayaba levemente en la ironía le dijo:

—Definitivamente, eres un canalla y un embaucador.

Oso no se defendió de aquellas palabras que en el pasado había escuchado procedente de otros labios menos dignos de amor. Tomó suavemente la diestra de Belena y la colocó sobre su pecho. Dejó por unos instantes que la mujer percibiera la manera acelerada, fuerte, impetuosa como un potro desbocado, en que latía su corazón. Belena sintió cómo golpeaba igual que si fuera un ave enloquecida que, ansiosa de libertad, se estrella vez tras vez contra los barrotes de una jaula, y entonces no le cupo la menor duda de que lo hacía por ella y de que nunca se había comportado así con nadie. Cuando Oso llegó a la conclusión de que la mujer había captado la agitación incontrolable que se anidaba en él, la miró fija pero dulcemente y le dijo:

—¿Crees que este corazón miente también?

Belena no respondió. Bajó la mirada, se desasió de él y apresuradamente cruzó el umbral para adentrarse en la casa.

CAPÍTULO 9

Debería haber descansado lo poco que restaba de la noche, ya que era urgente que emprendiera el regreso cuanto antes. Sin embargo, lo cierto es que Oso se vio incapaz de conciliar el sueño. Cada vez que sus párpados se cerraban vencidos por el cansancio, ante él aparecía la imagen de Belena captando los latidos de su corazón. Entonces, sin poderlo evitar, se despertaba presa de un irresistible sobresalto. Así fueron corriendo azarosos los instantes y, finalmente, cuando percibió por la ventana las primeras luces que preludiaban el amanecer, se levantó. Lo hizo justo antes de que Yalal-ad-Din descorriera la cortina de la habitación y penetrara en su interior.

—Es la hora —le dijo el persa con voz suave pero firme.

—Sí, ya lo sé —respondió Oso.

—Anoche fui a recoger tu caballo al *fonduq.* Nadie puso inconvenientes para que me lo llevara... Todo Toletum sabe que sería incapaz de robar a alguien lo que le pertenece... Yéndote ahora ganas un tiempo precioso y puedes salir cabalgando de la ciudad sin miedo de que nadie te descubra. Aún es demasiado pronto y la gente sigue durmiendo.

—Gracias, Yalal-ad-Din —dijo Oso con una sonrisa de gratitud.

—Yo mismo te acompañaré hasta Ishbiliyah... —prosiguió el persa.

Oso iba a protestar, pero Yalal-ad-Din alzó la mano para cortar cualquier palabra.

—Hace tiempo que me había propuesto visitar esa ciudad —dijo quitándole importancia a su gesto—. Me han llegado noticias de que se está traduciendo el conjunto de obras de algunos sabios griegos y no desearía morirme sin conocerlas... Además puedo serte útil... Un *muslim* acompañando a un *nasraní* suele interpretarse como garantía de que éste no persigue malos fines...

—No sé cómo podría pagarte todo lo que estás haciendo por mi hija y por mí, pero... —comenzó a decir Oso.

—Si alguna vez echamos cuentas de lo que nos debemos desde hace años, seguramente seré yo el deudor... —respondió dulcemente Yalal-ad-Din.

Oso sonrió y guardó silencio. No abrigaba la menor duda de que Yalal-ad-Din no sólo era un sabio, sino también algo mucho más importante: un hombre bueno.

Cuando el persa le señaló con la mano que saliera de la estancia, Oso la abandonó y se dirigió hada la puerta de la calle. Al franquearla, sintió una extraña frialdad. La espesa sombra que se descolgaba desde los elevados muros invadía totalmente la estrecha callejuela bajando aún más una temperatura que no era en esos momentos demasiado elevada. Un piafido vigoroso le indicó que su caballo estaba cerca y que le daba una bienvenida cariñosa. A su lado distinguió otra silueta que identificó con el corcel de Yalal-ad-Din. Todo estaba en orden. ¿Todo? ¿Dónde estaba Belena? Había esperado que acudiera a despedirle...

Observó cómo el persa se dirigía hacia su caballo y montaba en él con una envidiable agilidad. Sí, ya no había más tiempo. Con gesto cansino, Oso se encaminó a su montura. Recogió las riendas del caballo con la mano izquierda y las llevó hasta la silla. Luego apoyó ambas manos en el lomo del animal, tomó impulso y montó. Apenas acababa de ajustarse sobre el bruto, cuando se percató de que Belena había aparecido en el umbral. Su silueta, delicada y atrayente, se recortaba sobre el contrapunto mal iluminado del interior de la casa. Había recogido sus rubios cabellos detrás de la cabeza y le dirigía una mirada pintada con un gesto apagado que pretendía ser amable, pero no excesivamente.

Mientras Yalal-ad-Din clavaba los talones en su montura para que comenzara a moverse. Oso detuvo los ojos en la mujer y alzó levemente la diestra en ademán de despedida. Belena levantó entonces la mano y movió los dedos de una manera casi imperceptible pero tierna en respuesta al adiós del *nasraní*.

Uno tras otro, ambos caballos comenzaron cuidadosamente a intentar la salida de la estrecha calle. Apenas unos instantes después, llegaron a la esquina y Oso se volvió para contemplar la casa. Belena seguía observándole, callada y serena, como si ante los ojos tuviera únicamente una escena de no especial relevancia. Entonces, como si actuara movido por un resorte, Oso obligó a su caballo a dar la vuelta, picó sus ijares y llegó con la rapidez de una exhalación hasta la puerta de la casa.

Mientras Yalal-ad-Din se preguntaba sorprendido lo que estaba haciendo, Oso, sin desmontar, se inclinó sobre Belena y le ciñó la cintura con el brazo derecho. Luego, como si levantara una pluma, la alzó a pulso hasta la silla y la acomodó entre él y el cuello del animal. La mujer no dijo una sola palabra, pero por sus ojos supo Oso que durante todo aquel tiempo Belena había estado esperando que llevara a cabo lo que ahora acababa de hacer.

SEGUNDA PARTE:
EL REGRESO

CAPÍTULO I

—¿De verdad no crees que haya otra vida interminable después de ésta?

Belena, a quien iba dirigida la pregunta, pareció dudar por un instante. Luego, con la mayor naturalidad, respondió:

—No.

Aquel laconismo para referirse a una cuestión que a él le parecía tan importante desconcertó a Oso.

—¿Quieres decir que no piensas que después de la muerte se siga existiendo para siempre? —insistió, intentando que su sorpresa no incurriera en descortesía.

—No —volvió a responder Belena con la misma sencillez con que habría respondido a una cuestión relacionada con el estado del tiempo o la cantidad de provisiones que aún les quedaban.

—Francamente me sorprende. Eres una mujer inteligente... —dijo Oso, e inmediatamente se calló, temiendo haber incurrido en una descortesía.

Sin embargo, Belena no se sintió ofendida por el comentario del *nasraní*. Más bien llegó a la conclusión de que quizá sería conveniente extenderse en su respuesta.

—Los que vosotros llamáis hombres del norte creen sólo en la supervivencia de los combatientes caídos bravamente en la lucha —comenzó a decir—. Cuando su vida es segada por las armas de sus enemigos, las *valkirias,* que son unas guerreras que vuelan, recogen sus almas y las llevan al *Walhalla.* Allí en el *Asgard...*

—¿Qué es el *Asgard*? —interrumpió Oso.

—El *Asgard* —contestó pacientemente Belena— es una sala formada por escudos donde habitan dioses y héroes. Allí los combatientes caídos en batalla disfrutan después de la muerte bebiendo hidromiel en las calaveras de sus enemigos...

Oso habría deseado pronunciar un comentario sobre aquella costumbre bárbara de apagar la sed con bebidas servidas en los cráneos de los adversarios, pero se contuvo. En aquellos momentos se sentía mucho más interesado por saber lo que Belena creía que por discutir sobre su veracidad.

—... Se trata de una existencia muy divertida —continuó explicando Belena—, porque siguen combatiendo día y noche, se hieren y se matan, pero cada vez que expiran los dioses los devuelven a la vida para que continúen guerreando.

A Oso la perspectiva de matar y morir y volver a vivir para seguir matando no le parecía especialmente tentadora, pero decidió callarse una vez más.

—Así los héroes vivirán durante siglos... —prosiguió Belena.

—Entonces es que vivirán eternamente... —la interrumpió Oso.

—No, en absoluto —dijo Belena con aquella tranquilidad que la caracterizaba a la hora de relatar cualquier cosa—. Sólo vivirán hasta el *Ragnarok.*

—¿Qué es el *Ragnarok*? —preguntó vivamente interesado Oso.

—El *Ragnarok* es el día final. Durante el mismo los héroes y los dioses combatirán con las fuerzas del mal, pero serán vencidos y, al final, el cielo, la luna, la tierra, las estrellas, es decir, todo el mundo, se disolverá ardiendo entre llamas.

—No parece un panorama muy alentador —comentó Oso un tanto sobrecogido—. Y a todo esto, ¿qué les espera a los que no fueron guerreros que tuvieran la fortuna de morir luchando?

—Su suerte es peor —respondió Belena.

—Ya... —comentó Oso, al que costaba creer que pudiera existir algo más siniestro que aquella sucesión de combates, muertes y luchas seguida de una aniquilación final.

—El resto de la gente, es decir: los hombres que no han muerto luchando sino de enfermedad o accidente, las mujeres, los niños y los ancianos, son llevados por la diosa Hel a su reino —comentó Belena—. Allí la vida es triste, gris y melancólica. Claro que es peor el destino de los cobardes...

—¿Todavía peor? —dejó escapar Oso, e inmediatamente volvió a guardar silencio.

—Sí, a ellos el dios Loki los arrastra debajo de la tierra, a su reino, donde sufrirán un frío gélido e insoportable hasta el día del *Ragnarok*. ¿Tú crees también en varios dioses, Oso?

Por un instante, el *nasraní* no supo qué responder. Estaba especialmente interesado en conocer lo que creía Belena, pero, curiosamente, no se había planteado el tener que explicar lo que él pensaba. Carraspeó y se propuso dar una respuesta lo más ajustada posible a sus creencias.

—No, Belena —respondió suavemente—; la verdad es que yo creo en un único Dios que creó los cielos y la tierra...

—¿Sólo uno? Hummm... —comentó Belena—. Entonces ¿crees lo mismo que Yalal-ad-Din?

—Bueno... —comenzó a responder Oso—. Yalal-ad-Din y yo creemos muchas cosas similares. Ambos creemos que sólo hay un Dios hacedor de todo, que un día ese Dios juzgará a todos por sus obras y que castigará a los que hayan quebrantado su ley y dará descanso a su lado a los que le hayan buscado y obedecido. Pero también tenemos diferencias...

—¿Cuáles? —preguntó la mujer, que parecía súbitamente interesada en la conversación.

—Verás, Belena... —empezó a decir Oso mientras en lo más profundo de su corazón pedía al Dios único en que creía que lo ayudara—. Yo creo que ese Dios hace ya varios siglos se hizo hombre...

—¿Quieres decir que se convirtió en un ser como tú o como yo? —preguntó la mujer totalmente sorprendida.

—Sí, más o menos —respondió Oso.

—¿Para qué? —interrogó Belena—. No comprendo por qué quiso desprenderse de sus poderes para convertirse en un hombre que tiene mucha menos fuerza...

—Lo hizo por amor —dijo Oso mientras sentía que de él se iba apoderando un indescriptible sentimiento de ternura.

—Por amor... —repitió Belena, sorprendida—. ¿Quieres decir que se había enamorado de alguna mujer? Pero ¿acaso no podía poseerla sin dejar de ser dios?

—No, Belena, no fue por ese tipo de amor —contestó Oso dulcemente—. Se hizo hombre porque nos amaba y porque así podría salvarnos muriendo por nosotros.

—¿Salvarnos muriendo por nosotros? —preguntó sorprendida la mujer—. Ahora sí que no te entiendo, Oso. Para salvar a alguien debes matar a sus enemigos, pero ¿morir uno mismo? ¿Cómo podía ayudarnos de esa manera?

Por un instante, Oso calló. Sin dejar de mirar a Belena, se llevó la diestra a la barbilla y se la acarició suavemente. En aquel momento habría abrazado a la mujer y la habría besado con toda la ternura abrigada en su alma. En su ignorancia, en su incomprensión, en sus preguntas, el *nasraní* podía distinguir una inocencia y una candidez que muchas veces había echado de menos entre sus correligionarios.

—Belena, no es fácil de explicar. Lo reconozco —aceptó Oso—. Pero voy a intentarlo aunque sólo sea en parte. Tu gente cree en varios dioses que luchan, que matan, que destruyen, que causan la muerte. La esperanza que ofrecen es, tal y como yo lo veo, muy pobre. A la gente vulgar le espera un mundo subterráneo de pesadumbre; a los guerreros caídos en combate, nuevas luchas, y a los cobardes, el tormento del frío. Al final, todos serán aniquilados en ese día último. Sinceramente, no creo que haya mucho consuelo en pensar en ese futuro, y tampoco pienso que pueda inspirar muchas virtudes salvo la del valor en el combate. No deseo ofenderte, Belena, pero debo decirte que de esas creencias sólo pueden surgir pueblos guerreros que saqueen, destruyan y maten.

Oso hizo una pausa esperando algún comentario de Belena, pero la mujer guardaba un silencio absoluto. Con sus verdes ojos clavados en él, casi habría podido decirse que había dejado de respirar.

—El Dios en quien yo creo es muy diferente. No está limitado en su poder ni desaparecerá un día en medio de una catástrofe que aniquile todo el cosmos. Siempre ha existido y siempre existirá. Pero lo más importante es que se diferencia de aquellos en que tú crees en que es capaz de amar. En realidad, Él es amor y su amor no se limita a los valientes o a los fuertes. Ama a todos. Ricos y pobres, fuertes y débiles, hombres y mujeres, *nasraníes* o *muslimin,* incluso ama a sus propios enemigos. Por eso se hizo uno de nosotros, para manifestarnos su amor y salvarnos.

El *nasraní* notó que una vehemencia incontenible se apoderaba de él y, repentinamente, guardó silencio. No deseaba que Belena se sintiera atacada o simplemente molesta. Tragó saliva y luego, con un tono de voz más calmado, añadió: —Tus dioses son lejanos y me temo que sólo pueden agradar a aquellos que han decidido que la mejor manera de vivir es aferrarse a la espada. Pero el Dios en quien yo creo... Belena, Él es totalmente distinto. Todos los que creen en Él saben que no está lejos de ellos; que puede entender su sufrimiento porque también Él sufrió; que escucha sus oraciones porque es bueno y amoroso, y que cuando mueran se encontrarán con Él porque Él murió y volvió a la vida.

Oso calló. Sentía en esos momentos una curiosa sensación en el pecho. Era como si le faltara el aire, como si el cuerpo no actuara con la suficiente rapidez, con el vigor indispensable para servir de soporte a lo que deseaba comunicar a la mujer. Dudaba entre seguir con aquella explicación o detenerla ya, entre preguntar a Belena lo que había entendido o esperar pacientemente algún comentario suyo. Fue ella la que tomó la decisión. Le miró fijamente a la cara con aquellos ojos que, en ocasiones, le hacían recordar a Oso un océano a la vez atractivo y peligroso, y a continuación le dijo;

—¿Podrías amarme aunque no creyera en tu dios?

Una nube oscura y breve pasó por la despejada frente de Oso, que se dispuso a contestar a la mujer. Sin embargo, cuando en sus labios iba a formarse la respuesta, un grito los arrancó a ambos del universo de paz en el que habían habitado las horas anteriores.

CAPÍTULO 2

—¡O so! ¡Oso!

El *nasraní* apartó la mirada de Belena y la dirigió hacia el lugar del que procedía la voz. Al principio sólo pudo vislumbrar una nube de polvo; luego, de manera casi inmediata, distinguió a Yalal-ad-Din que azuzaba desesperadamente su caballo.

Lo detuvo apenas a unos pasos del lugar donde se encontraban Belena y Oso —los suficientes como para evitar arrollarlos— y a continuación descendió de un salto. El *nasraní* se admiró en su interior de la habilidad que tenía el persa para montar y también de la prodigiosa agilidad de que había dado gala al descabalgar de un caballo que aún no se había detenido.

—Oso... —dijo Yalal-ad-Din casi sin aliento—. Tengo malas noticias para ti.

Por un instante, el *nasraní* sintió que se había quedado sin palabras. Luego abrió la boca una, dos, tres veces sin lograr emitir ningún sonido hasta que, al final, aferró los hombros de su amigo y, sacudiéndolo, pudo decir:

—¿Qué le ha sucedido a Lara? Se trata de ella, ¿verdad?

—No hay quien pueda saberlo, Oso... —jadeó Yalal-ad-Din, que apenas podía respirar por el esfuerzo realizado.

—¿Qué estás diciendo? —preguntó el *nasraní* mientras sacudía a su amigo por los hombros—. ¿Qué me ocultas?

—No... no te oculto nada, *ahi* —respondió el persa—. Resulta prácticamente imposible acercarse hasta Ishbiliyah. La gente que la habitaba llena en estos momentos todos los caminos huyendo a la desesperada...

—Pero ¿qué es lo que ha sucedido? —terció Belena, cuyos ojos delataban una mal oculta preocupación.

Yalal-ad-Din se desasió suavemente de las manos de Oso y se volvió hacia la mujer.

—Los *masjud* han tomado Ishbiliyah, Belena —dijo el persa—. El momento que has esperado durante años ha llegado.

Oso no llegó a comprender totalmente aquellas palabras, pero algo en su interior se removió dolorosa y siniestramente, como si le advirtiera de que sobre él estaba a punto de desencadenarse una fatal desgracia.

—¿Quiénes son los *masjud*? —preguntó lo más calmadamente que pudo al persa.

—Los *masjud, ahi* —respondió Yalal-ad-Din—, no son otros que aquellos que también reciben el nombre de hombres del norte y que en su lengua se denominan a sí mismos vikingos.

Oso buscó con la mirada a Belena, pero ésta, como si deseara rehuirle, bajó la vista y le dio la espalda.

—¿Están combatiendo en las calles de Ishbiliyah? —preguntó Oso volviéndose hacia el persa.

—No creo que ésa sea la descripción más adecuada de lo que ahora mismo está sucediendo en la ciudad —comentó apesadumbrado Yalal-ad-Din—. Según me contaron los fugitivos, los *masjud* llegaron en sus naves largas y rápidas, y desembarcaron inesperadamente. Todo sucedió de una manera tan repentina que no hubo manera de oponerles la más mínima resistencia. Desde hace tres días saquean, destruyen y matan sin que nadie pueda arbitrar alguna medida mínimamente práctica para lograr impedirlo.

—En ese caso tengo que ir a Ishbiliyah y debe ser ahora mismo —le interrumpió Oso—. Mi hija... no sé qué ha podido ser de ella y tengo que encontrarla como sea...

—Oso —comenzó el persa con un tono que pretendía ser tranquilizador—, al parecer, Abd-ar-Rahmán, el emir de Qurduba, ya ha recibido noticias de lo que sucede y está reuniendo fuerzas para acudir en socorro de la ciudad... Se dice que Isa Shohaid, uno de sus generales, se dirige a marchas forzadas hacia Ishbiliyah... Si esperas tan sólo tres o cuatro días...

—¿Tres o cuatro días? —repitió Oso mientras lanzaba una carcajada amarga—. Dentro de tres o cuatro días habrá vencido el plazo y Abdallah degollará a la niña. Eso si los vikingos no la han subido ya a una de sus naves para llevársela a las tierras hiperbóreas...

—No podemos estar seguros de que Abdallah siga vivo —dijo el persa alzando los brazos en un gesto de súplica—. Y, aunque así sea, seguramente tiene cosas más importantes entre manos que ocuparse de la pequeña. Por lo que se refiere a los *masjud,* cuando llegue el emir podrá derrotarlos y rescatar a los cautivos que hayan tomado en este tiempo. Si tu hija estuviera...

—Escucha, Yalal-ad-Din —le cortó enérgicamente Oso—. Tú no conoces a Abdallah, pero yo sí. Sólo vive para acumular poder y ese poder se nutre de la muerte y de la venganza. Estoy seguro de que ahora mismo se encuentra a buen resguardo y con Lara. Esperará hasta que venza el plazo y entonces... Puedes apostar tu cuello... ¡la matará!

—Pero... pero... —balbució Yalal-ad-Din—. Si acudes a Ishbiliyah, si te acercas solamente, pueden matarte a ti también, y eso no beneficiará en nada a la niña. Espera, espera sólo dos días..., siquiera uno...

—No tengo tiempo suficiente para permitirme el lujo de perderlo. Me voy —dijo resueltamente Oso mientras se encaminaba hacia su caballo, que estaba descansando a la sombra de un árbol raquítico.

No había llegado hasta el animal cuando a sus espaldas una voz inquieta, pero que pretendía ser animosa se dirigió a él:

—Espera, Oso. Voy contigo.

El *nasraní* se giró y contempló, rodeado por una luminosidad especial, el rostro de la persona que se había ofrecido a acompañarle. Sus labios no se habían cerrado aún y delataban una mezcla de inquietud e intrepidez. Oso sonrió satisfecho, como si nunca hubiera dudado de que así sucediera pero ahora recibiera la alegría de la confirmación.

—Está bien, Belena —dijo al fin—. Puedes venir conmigo.

CAPÍTULO 3

—Para serte sincero, Belena, me cuesta mucho creer en esa arma de la que me hablaste —comentó Oso con un cierto tono de incredulidad en la voz.

—Puedo asegurarte que existe —dijo la mujer con aire risueño—. Yo misma la he utilizado en más de una ocasión.

—Precisamente eso —la interrumpió el *nasraní*— es lo que hace que me resulte tan difícil de creer. Salvo las muy pequeñas, las armas son pesadas, y si se trata de armas arrojadizas requieren una fuerza especial. Y no sólo es eso. Además está la cuestión del monstruo. No se trata de que le clavaras una flecha y luego lo recogieras una vez muerto. Tú me hablas de que le hincáis esa arma y luego lo perseguís durante horas, a veces incluso días...

—Es que es así, Oso —fingió protestar Belena—. Mira: la parte superior del arma es muy ligera y está fabricada con metal o, preferiblemente, con hueso dentado. Tiene que ser fina para que pueda surcar el aire con facilidad y causar una herida lo más profunda posible. En cuanto a la parte inferior, se reduce a una ligera asta de madera en la que va engarzada una cuerda. ¿Hasta ahí me entiendes?

—Creo que sí... —respondió Oso.

—Bien —asintió Belena—. Una vez que avistamos esos animales que tú llamas monstruos...

—Los peces gigantes —precisó Oso.

—Si deseas llamarlos así —dijo Belena—, aunque yo no me atrevería a hacerlo porque viven mucho tiempo fuera del agua y además dan de mamar a sus crías...

Oso habría deseado pedir explicaciones sobre aquellas peregrinas propiedades del extraño animal, pero prefirió dejarlas para más adelante, para el momento en que hubiera terminado de comprender el funcionamiento del arma prodigiosa que permitía cazarlo.

—Estabas en el avistamiento... —recordó a la mujer.

—Sí, claro. Una vez que avistamos el monstruo, nos acercamos remando hasta él y le arrojamos nuestras armas. Tres, cuatro, cinco... todas las que podemos. El animal se resiste y es muy fuerte. Por supuesto, intenta huir. Pero nosotros hemos atado las cuerdas a las embarcaciones y, cuando nada presa de la desesperación, nos arrastra en pos de él dejando una estela de sangre...

—Debe de ser muy... emocionante —comentó Oso reprimiendo un gesto de desagrado.

—Oh, sí que lo es —aseguró Belena con una sonrisa—. Pero, al final, se cansa y podemos atraparlo. Entonces, si no ha muerto, lo rematamos y lo llevamos arrastrando, tirando de las cuerdas, hasta tierra. Es un hermoso animal. Con él podemos comer, calentarnos y fabricar herramientas durante semanas y, si es gordo, hasta meses.

—Ya, ya entiendo... —musitó Oso mientras percibía la divertida ironía con que le observaba Yalal-ad-Din.

Habría mentido si hubiera dicho que estaba del todo convencido de la veracidad del relato. Sin embargo, la manera en que

Belena había narrado la cacería le había entretenido. Desde luego, cada vez estaba más convencido de que podía ser cualquier cosa menos una mujer vulgar. Si lo que refería era cierto, de ella se podían aprender enseñanzas quizá no útiles, pero sí extraordinarias, por su carácter desusado y maravilloso. Y si era todo falso..., bueno, entonces había que reconocer que tenía la imaginación más fecunda y divertida que le había sido dado conocer a lo largo de su existencia.

Sonreía pensando en estas cosas cuando, repentinamente, el limpio sendero por el que se encaminaban hacia Ishbiliyah se vio oscurecido por lo que se le antojó una interminable turba de almas dolientes. Apenas hubieron dejado atrás a los primeros de la muchedumbre cuando Oso pudo percatarse de que Yalal-ad-Din no había exagerado un ápice al hablar de la gente que había abandonado la ciudad huyendo de los vikingos.

—Ya ves que no mentía... —se atrevió a decir el persa con un tono apesadumbrado.

Oso no respondió y se limitó a observar a aquellas gentes. Se trataba de un espectáculo aterrador que, a medida que iban avanzando, se fue haciendo más y más habitual. En realidad, mucho antes de que se acercaran a la ciudad, Belena y

Oso se dieron cuenta sobradamente de que los refugiados procedentes de Ishbiliyah cubrían los caminos hasta llegar, ocasionalmente, a atestarlos.

El mismo cuadro desolador se fue repitiendo una y otra vez. Se veía que habían escapado en grupos pequeños, a veces de no más de cuatro o cinco personas, que llevaban consigo algunas escasas pertenencias, seguramente recogidas de manera apresurada. En sus rostros aparecía una pavorosa mezcla de miedo, horror, abatimiento y desesperación. Bastaba contemplar los ojos de los niños para percatarse de que allá abajo había sucedido algo terrible que excedía con mucho lo que su reducida edad podía soportar sin quedar marcada para siempre.

Oso intentó en todo momento mantener una frialdad que le permitiera conservar la calma y enfrentarse con la difícil situación de la manera más adecuada. Sin embargo, aquella espantosa sucesión de huidos fue ocasionando, poco a poco, mella en su ánimo. No deseaba reconocerlo, pero si toda aquella gente había sido incapaz de plantar cara a los invasores, ¿cómo podría hacerlo él, que era un solo hombre desprovisto de entrenamiento bélico? Aquel pensamiento le martilleaba despiadadamente el corazón, pero también se decía que de situaciones no mejores había logrado salir con bien en el pasado, que no podía abandonar a su hija y que seguramente Dios lo ayudaría, como siempre había sucedido en los momentos más difíciles.

Había, además, otra circunstancia que infundía en el corazón de Oso un ánimo que no se veía disipado ni siquiera por la visión de aquellos desdichados. De reojo había captado en varias ocasiones un gesto de preocupación reflejado en el rostro de Belena. Sin embargo, siempre que ésta se percataba de que la estaba observando cambiaba de aspecto y le sonreía de una manera cálida y natural, como indicándole que no debía preocuparse y que, pasara lo que pasara, ella estaría a su lado. Fue aquella respuesta de la mujer la que terminó de confirmar la convicción de Oso de que no podía abandonar la partida.

Al fin y a la postre, los tres jinetes tardaron en llegar a las cercanías de Ishbiliyah casi el doble tiempo que habrían necesitado en circunstancias normales. Decidieron entonces no entrar todavía en la ciudad y dar con un enclave desde donde pudieran observarla tranquilamente mientras fraguaban un plan.

—La verdad es que supera todo lo que me habían referido sobre ella —exclamó Yalal-ad-Din mientras contemplaba Ishbiliyah en lontananza.

—Sí, realmente es muy hermosa —corroboró Belena clavando su mirada en las aguas del Guadalquivir.

—Nadie podría negarlo —apostilló Oso—. En esta época del año el río resulta tan hermoso como un brazo de mar que hubiera penetrado en la ciudad.

—Mi país está lleno de trozos de mar que se adentran en la tierra y a los que llamamos *fiords,* pero no conozco ninguno que posea la belleza de éste... —dijo Belena sin apartar la vista de las aguas a las que la luz del sol proporcionaba una tonalidad ambarina.

Oso reprimió una sonrisa satisfecha y oteó el horizonte en busca de alguna señal que facilitara su labor. Sobre la ciudad, aquí y allá, se distinguían humaredas aisladas que procedían, sin duda, de edificios que los vikingos habían arrasado en su furia. De vez en cuando se percibía un grito aislado pero, en general, la urbe parecía muerta y su fúnebre silencio sólo se veía rasgado por el ruido de objetos rotos, seguramente a causa del saqueo.

Sin cruzar palabra, los jinetes obligaron a moverse a sus monturas hasta que pudieron ampliar la perspectiva que tenían del río.

—¡Mira! —dijo Belena extendiendo el brazo y señalando hacia algún punto perdido en el horizonte.

Lo que Oso y Yalal-ad-Din contemplaron en aquel momento detuvo por un breve instante el curso de su respiración. Era como si en el mismo cauce de la corriente alguien hubiera plantado un bosque muy especial. Pero lo más relevante era que aquellos enhiestos troncos que llenaban el río no pertenecían a árboles, sino que arrancaban de unas extrañas embarcaciones, alargadas, de cubiertas bajas y dotadas de unas extrañas proas con forma de monstruosas bestias.

—Se asemejan a las descripciones que los libros dan de los dragones... —comentó el persa ligeramente sobrecogido—, pero..., pero no pueden ser animales..., parecen más bien... naves...

—¿Son las embarcaciones de los hombres del norte? —preguntó Oso una vez que recuperó el aliento.

—Sí —dijo Belena, pudiendo apenas reprimir un ligero temblor que le sacudía la comisura de los labios.

—¿Conoces éstas? —interrogó Oso mientras sentía cómo se le formaba un enorme e inexplicable vacío que se extendía desde el pecho hasta el vientre.

—Son las naves de los guerreros de Harald —respondió Belena con un tono de voz neutro y sin apartar la vista del río.

Por un instante, que a Oso le pareció interminable, la mujer permaneció en silencio mientras seguía contemplando la corriente. Luego, con una suavidad casi felina, se volvió hacia el *nasraní*.

—No sé cuánto botín han conseguido, aunque muy probablemente será cuantioso —dijo al fin—, pero sí estoy segura de algo...

La mujer hizo una pausa, bajó la mirada y luego, casi de manera inmediata, volvió a alzarla para clavarla en Oso. Éste calló y observó los ojos de Belena. Aunque su dueña intentara ocultarlo, no podía negar que en el interior de su alma se estaba librando una batalla de insoportable violencia.

—... Estoy segura —prosiguió Belena— de que Harald ha venido a buscarme y de que no cejara hasta llevarme con él.

CAPÍTULO 4

S i alguien hubiera comunicado a Oso que el firmamento se
desharía en llamas desplomándose sobre su cabeza, que el
cosmos se iba a desvanecer dejando tras de sí tan sólo un rastro
de humo y fuego, y que únicamente le quedaban unos instantes
de vida, no habría experimentado ni lejanamente la sensación de
vacío, de abandono y de soledad que le acababan de provocar las
palabras de Belena.

Durante los días anteriores, se había sentido capaz de
enfrentarse con las peores eventualidades precisamente porque había sabido que, como si se tratara de un inesperado regalo procedente de Dios, aquella mujer había estado a su lado.
Mientras descendían hacia Ishbiliyah, se decía a sí mismo que
al cabo de tan sólo unos días recuperaría a su hija y entonces
emprendería al lado de Belena el camino hacia una libertad
que sólo se hallaba al otro lado de la frontera. El pensamiento de que, tras tantos años de sinsabores y padeceres, podría
comenzar una nueva vida con un ser al que amaba hasta el fondo de su corazón le había infundido una alegría que no disfrutaba desde hacía muchísimo tiempo. Había otorgado a su
corazón una sensación de calidez, de esperanza, de aliento que

parecía en algunos momentos transportarle por encima del mundo ingrato que le rodeaba. Sin embargo, ahora esas ilusiones se habían desvanecido y su condición era semejante a la del mendigo que sueña con que disfrutaba de un banquete y, de repente, despierta para descubrirse vestido de harapos y con el estómago vacío.

Mientras intentaba navegar en medio de la tempestad que se había desatado en su alma, Oso trató de recuperar el ánimo para continuar con la misión que se había trazado.

—Imagino que los guerreros de Harald deben de estar aún muy ocupados recogiendo el botín. ¿Crees que podría entrar en la ciudad sin que me descubrieran? —preguntó a Belena aparentando una serenidad que no tenía en esos momentos.

—Quizá sí —contestó la mujer—. Conozco a esos hombres y ahora estarán ocupados no sólo en conseguir buenas presas, sino también en emborracharse. De todas formas, debes tener cuidado. Si te capturan, lo mejor que podría suceder es que te convirtieran en un esclavo...

Oso guardó silencio y no preguntó cuál podía ser la alternativa peor. En realidad, no creía que le pudiera suceder nada más terrible que perder la libertad y, por añadidura, a Belena.

—Quizá habría una solución mejor... —dijo como si pensara en voz alta el persa.

Oso y Belena se volvieron interrogantes hacia Yalal-ad-Din.

—¿Tendrías inconveniente en señalárnosla? —preguntó interesado Oso.

—No... no, claro está —dijo el persa.

Entonces, de un brinco, descendió del caballo y se inclinó sobre el suelo. Belena y Oso se intercambiaron una mirada y, bajando de sus monturas, se acercaron a Yalal-ad-Din.

—Mirad... —dijo el persa mientras sacaba un cálamo de una bolsa que llevaba en la cintura y trazaba unas líneas en el suelo—. Aquí está el Guadalquivir..., por aquí la flota de ese Harald..., aquí las orillas... En apariencia, los *masjud* se encuentran en una situación envidiable; pero no es así. Bastaría con hundir alguna de sus embarcaciones bloqueando el curso del río e impedirles la salida de Ishbiliyah. Un ejército que descendiera por las orillas los derrotaría con bastante facilidad...

—Los guerreros de Harald se encuentran entre los mejores de mi pueblo —intervino Belena, molesta por aquellas palabras—. No creo que sea tan fácil acabar con ellos.

—Los guerreros de Harald necesitan también comer —terció Oso—. Aun en el supuesto de que las fuerzas del emir Abd-ar-Rahmán no pudieran aniquilarlos, siempre cabría la posibilidad de que, una vez cercados en el río, los sometieran a sitio. Tarde o temprano tendrían que rendirse..., a menos que estuvieran dispuestos a devorarse los unos a los otros.

Belena miró a Oso irritada, pero no pronunció una sola palabra. Resultaba obvio que no le gustaba lo que acababa de oír sobre su gente pero, seguramente, tampoco estaba dispuesta a entablar una discusión con el *nasraní.*

—En cualquiera de los casos —continuó Oso sin dar importancia a la mirada de Belena—, yo no puedo estar esperando a que el emir cerque a los *masjud* y a que éstos se rindan. Para ese entonces sólo Dios sabe lo que podría haber sucedido con mi hija Lara.

No dijo una palabra más. Con paso resuelto regresó al lado de su caballo y lo montó. Ante la mirada desalentada de Yalal-ad-Din, Belena hizo lo mismo.

Cabalgaron durante un buen trecho en silencio, ese tipo de silencio espeso y cargado que suele resultar más elocuente que millares de palabras. Finalmente, Oso tiró suavemente de las riendas y detuvo su caballo.

Por un instante permaneció callado. Luego se dirigió a la mujer sin mirarla;

—Belena... —dijo intentando que la emoción no se trasluciera en su voz—. No me resulta fácil decírtelo... Lo que yo siento por ti no es sólo una atracción, aunque ciertamente me encantan tus cabellos, tus ojos o tu sonrisa. No tengo nada que ofrecerte y seguramente mi suerte no va a ser fácil en el futuro...

Hizo una pausa. Sus palabras le sonaban incomprensibles, deslavazadas, vacías... Pero no sabía —no en aquellos momentos— cómo hacerlo mejor. Respiró hondo y se dispuso a reanudar su parlamento.

—Pero... pero te quiero como nunca he amado a nadie —prosiguió— y deseo con todo mi corazón que te quedes a mi lado, que compartas mi vida.

Volvió a callar y esta vez dirigió la mirada hacia Belena. Los ojos de la mujer dejaban transparentar una fuerte agitación y la comisura derecha de sus labios temblaba casi imperceptiblemente, pero no rompió el silencio.

—He soñado mucho en estos días —prosiguió trabajosamente el *nasraní*— He soñado con que cazábamos juntos ese monstruo marino, de cuya existencia dudo, con esa arma que tú me has descrito varias veces y en la que no creo. He soñado que te tenía en mis brazos en otro lugar y en otro tiempo. He soñado...

El silencio contumaz de la mujer acabó provocando el de Oso. ¿Por qué callaba Belena? ¿Por qué no le decía nada? ¿Por qué no se hacía eco de sus palabras? De repente, se sintió tan solo como un minúsculo pedazo de madera en medio de una tempestad, como una débil ramita abandonada frente al vendaval.

—Pero no deseo tampoco forzarte —acabó diciendo Oso—. No tengo ningún derecho a ello y comprendo... comprendo que ames a tu gente, que desees volver con tu pueblo, que seguramente te espere otro hombre...

Sentía Oso al hablar como si una daga se le hubiera hundido en el costado izquierdo y hurgara en él destrozando todo a su paso a la búsqueda del corazón.

—Cuando lleguemos a Ishbiliyah —prosiguió—, no te sientas obligada por nada. Puedes separarte de mí para reunirte con Harald.

No esperó Oso ninguna respuesta a sus palabras. No lo hizo porque la temía demasiado dolorosa para poder soportarla. Con un gesto torpe y apresurado, picó los costados de su caballo y reemprendió la marcha.

Esta vez no volvieron a dirigirse la palabra hasta que avistaron los arrabales de la ciudad. Ocultaron los caballos entre unos matorrales y se ocuparon meticulosamente de trabarles las patas para evitar que se escaparan. Belena no regresaría con él y la segunda montura sería aprovechada por Lara.

—Supongo que conoces bien la ciudad... —musitó Belena.

—No es el lugar donde nací, pero he vivido aquí los suficientes años para saber hacia dónde dirigirnos —respondió Oso—. De todas formas, no estará de más reconocer el terreno otra vez antes de entrar.

Alzó la diestra y señaló una pequeña elevación de terreno que se hallaba a la derecha.

—Lo más sensato sería ir hasta aquella loma e intentar echar un último vistazo. Desde allí puedo indicarte, además, la mejor manera para que te reúnas con tu gente.

Ligeramente agachados para hurtarse de cualquier mirada indiscreta, Belena y Oso llegaron hasta el pie de la elevación. Después se pegaron al terreno, aunque sin llegar a reptar, y comenzaron un ascenso hasta la cima que fue breve y no demasiado trabajoso. Sólo al alcanzar el punto más alto de la elevación se tumbaron totalmente para, a continuación, observar su objetivo.

—Mira —dijo Oso señalando con la mano derecha apenas extendida—. Ese grupo de casas que ves ahí es el arrabal *nasraní*. Por lo que puedo ver, no hay vikingos en él y no me extraña, porque es mucho más pobre que las zonas de la ciudad pertenecientes a los *muslimin*. Seguramente tardaron poco en saquearlo y ahora lo habrán abandonado. Yo me adentraré por él e intentaré tener noticias de mi hija. Puedes acompañarme sin ningún temor, pero al llegar a aquella calle más ancha...

—La veo —comentó Belena.

—Ahí nos separamos —dijo Oso acompañando con indicaciones de las manos sus palabras.

Luego se volvió hacia Belena, clavó la mirada en aquellos ojos que tanto le habían turbado en los últimos días y añadió:

—Tú puedes dirigirte por ese camino hasta la orilla del río. Allí encontrarás lo que buscas...

—¡Oso, no! —cortó Belena las palabras del *nasraní*—. ¡No es lo que busco! Es... es que no se puede comenzar la vida cuando se desea. Es imposible iniciar de nuevo una existencia como si nada hubiera sucedido en los años anteriores. Tienes que comprender que otra conducta no resultaría lícita, que no puedo dar la espalda a obligaciones que...

—Creo que lo mejor es que no sigamos hablando de todo esto —dijo Oso mientras su voz adquiría un tono especialmente sombrío.

—Pero... pero ¿por qué tengo que callarme? —protestó Belena—. ¿Por qué no quieres escucharme? ¿Acaso no es justo que diga lo que pienso?

La desagradable sensación de que algo sucedía hizo que Belena guardara silencio e intentara volver el rostro. Cuando lo hizo contempló lo mismo que Oso había visto y que le había impulsado a decirle que guardara silencio. Se trataba de dos hombres fornidos, altos, cuyos brazos y pechos se hallaban cubiertos con relucientes armaduras.

Con gesto despectivo, uno de ellos dio un par de pasos y apoyó la punta de una lanza corta en un costado de Belena; el otro blandía un alfanje afilado y miraba con ojos amenazadores a Oso. Éste comprendió al instante que cualquier resistencia que intentara presentar resultaría inútil. Sin duda, antes de que pudiera dar un paso, Belena estaría muerta.

El guerrero del sable hizo un gesto con el mentón a Oso que éste creyó entender.

—Con la mayor suavidad que puedas, ponte en pie —susurró el *nasraní* a Belena.

La mujer le obedeció y el soldado que la apuntaba se desplazó unos pasos para permitirle colocarse delante de él en el descenso de la loma. Con todo, la distancia que había entre ambos seguía siendo mínima. Bastaría un simple movimiento de muñeca y el alma de Belena abandonaría este mundo.

Mientras llegaban al pie de la elevación, Oso comenzó a reflexionar sobre el brete en que se encontraban. Era impensable correr o intentar enfrentarse con ellos, pero tenía que hallar la mejor manera de salir de aquella situación. Si eran hombres pertenecientes a alguna partida y se hallaban a la suficiente distancia de su campamento como para no ser descubiertos, estaba seguro de que lo degollarían. No llevaba vestimentas, armas o dinero que pudiera impulsarles a dejarle con vida. En cuanto a Belena... Si hubiera sido una muchacha que pudiera engendrar muchos esclavos, la habrían respetado para venderla en el zoco; pero al no ser así abusarían de ella y después la matarían sin más. Eso sí eran misericordiosos, porque también podían cortarle la lengua y luego venderla al propietario de un prostíbulo para soldados o leprosos. No iba a ser el primer caso.

Habían caminado unos doscientos pasos cuando Oso vislumbró una agrupación de árboles. No eran los suficientes como para considerarla siquiera un bosquecillo pequeño, aunque sí servirían para ocultar de manera suficiente cualquier fechoría. Intuyó que sus captores los encaminarían en esa dirección. No se equivocó, y la consciencia del drama que les esperaba agudizó su sensación de que resultaba urgente hacer algo.

Mientras sentía cómo el salado sudor se deslizaba por todo su cuerpo en gruesos goterones, creyó dar con la mejor solución. Llegarían hasta los árboles y entonces, lanzándose sobre el guerrero que llevaba a Belena, le gritaría a ella que huyera. Tenía la seguridad de que caería muerto, pero calculó que tardarían lo suficiente como para que la mujer pudiera ganar alguna distancia entre ella y los hombres. Luego todo dependería de su rapidez. Si lograba correr lo suficiente, quizá tendría una oportunidad de llegar a donde habían dejado atados los caballos y burlarlos. Pero si no lo conseguía...

Cuando se adentraron entre los árboles, un soplo de inclemente frío provocó que Oso contrajera los músculos de la cara. A la sombra, la temperatura parecía mucho más baja, pero aquel efecto que en otro instante habría resultado grato ahora le pareció sepulcral. Miró de reojo a los dos guerreros y tuvo la sensación de que habían bajado la guardia, de que se sentían confiados. Ahora era el momento...

—*Ajlán ua sajlán* —resonó una voz gutural enfrente de Oso.

El *nasraní* volvió su mirada hacia el lugar de donde habían procedido aquellas palabras y sintió una profunda sensación de desaliento. Quien había hablado estaba rodeado por otros seis o siete hombres ataviados para la guerra. Con un leve gesto de la mano, el nuevo personaje despidió a los dos captores y, de manera inmediata, Oso y Belena se vieron rodeados por nuevos guerreros.

Era obvio que cualquier posibilidad de fuga acababa de quedar abortada. Pero algo había que hacer, se decía el *nasraní* mientras notaba que respirar se iba convirtiendo en algo trabajoso. Cuando, desde lo más hondo de su corazón comenzaba a elevar una plegaria a Dios, vislumbró una *jaima* situada en un claro de la arboleda.

No tuvo tiempo de pensar mucho en lo que podría significar aquello para él y para Belena. Los guerreros apresuraron la marcha y los condujeron hasta la *jaima*. Entonces, el que había despedido a sus captores se les adelantó para descorrer la entrada de la morada de cuero y, tras penetrar en su interior, les hizo una seña para que lo siguieran.

Un aroma dulzón, profundo, casi embriagador invadió las ventanas de la nariz de Oso. Sorprendió la mirada de Belena cuando se volvió hacia ella y entonces sintió en el pecho una punzada de remordimiento. Con toda seguridad, la mujer no se encontraría allí de no ser por él. Obedeciendo a un repentino impulso de su corazón, buscó la mano de Belena en la penumbra de la *jaima* y cuando dio con ella, la oprimió con fuerza. Le respondió ella con el mismo vigor y la calidez de sus dedos entre los suyos hizo que el *nasraní* recuperara la seguridad en sí mismo. Sí, se dijo, si le permitían hablar quizá no todo estaría perdido...

—Pero... —resonó una voz gutural en la total negrura de la jaima—, pero si es Oso... el *nasraní*...

CAPÍTULO 5

Oso no pudo evitar dar un respingo al escuchar que alguien pronunciaba su nombre. Aquella voz le resultaba vaga y extrañamente familiar, pero en la oscuridad cerrada de la jaima no pudo distinguir el rostro del que procedía.

—¡*Allahu akbar!* —continuó la extraña voz—. No puedo creerlo... Es nada menos que Oso... Se trata de uno de los hombres más notables que conozco...

El *nasraní* deseó que sus ojos se habituaran de una vez a la penumbra y pudieran descubrir a su interlocutor que —la verdad sea dicha— a juzgar por aquellas palabras lo mismo podía ser un amigo entrañable que un enemigo jurado.

—*Salam alikum* —dijo Oso mientras trazaba una zalema en un intento de congraciarse con alguien que le hablaba en árabe y que supuestamente le conocía.

—Pero, Oso, ¿cómo has podido regresar tan pronto? —volvió a resonar la voz con aquel tinte de sorpresa que cada vez se acrecentaba más.

Poco a poco, al principio de manera imperceptible, los contornos de la silueta comenzaron a convertirse en más definidos.

Oscuros y borrosos, sin embargo, iban tomando una forma que...
¡Dios santo!

—*Sayidi* —dijo con un tono extraordinariamente animoso el *nasraní*—, heme ante tu presencia para anunciarte que he cumplido tu encargo. Estaba a punto de llegar a la ciudad en compañía de mi esclava cuando dos soldados me interceptaron y me trajeron aquí. En cualquier caso, Dios, que ve todas las acciones, es el más grande y me condujo hasta ti para entregarte la prodigiosa raíz.

Belena procuró no dejar de manifiesto su sorpresa, pero por un breve instante creyó que la gravedad de la situación había trastornado a Oso. ¿Qué persona en su sano juicio se mostraría tan risueña en medio de una situación como aquella?

—Esclava mía —dijo de repente Oso volviéndose sonriente hacia la mujer—, el ilustre varón ante el que nos encontramos es nada menos que el cadí del que tantas veces te he hablado en los últimos días, el preclaro hombre que me comisionó para encontrar...

Una tosecilla incómoda cortó las palabras del *nasraní*.

—El objeto de tu viaje al norte es cosa nuestra —dijo el cadí con una vocecilla molesta— y no debería distraer de sus asuntos principales a los varones que nos acompañan...

—Pero, *Sayidi* —dijo Oso aparentando sorpresa—, ¿cómo podría callar si llevo aquí mismo en mi zurrón esa planta prodigiosa que envidian los reyes del norte, el emperador romano y hasta el mismo califa de Bagdad?

—Creo, cadí —intervino un tercero saliendo de entre las sombras—, que nos merecemos participar siquiera con la vista en semejante prodigio.

Oso observó al que acababa de hablar. Sin duda era un personaje de importancia. No se trataba sólo de su atrevimiento al interrumpir al anciano cadí de Ishbiliyah, un acto que podía incluso merecer la muerte. También estaban sus propias insignias, que el *nasrani* no sabía interpretar pero que por su lujo y número dejaban de manifiesto una relevancia sobresaliente. ¿Quién podía ser?

—No te arrepentirás de ello —dijo Oso mientras se descolgaba el zurrón—. Pocos, muy pocos mortales han tenido ocasión de tener ante su vista algo similar.

Continuó el *nasrani* alabando la planta y trazando aparatosos aspavientos con las manos mientras la extraía de su bolsa. Primero quedó a la vista de los presentes un alargado estuche de cuero; luego, en su interior, una envoltura de suave seda y, finalmente, cuando ésta fue retirada, apareció, blanda y lechosa, la mandrágora.

Era aún espesa la oscuridad, pero la palidez de la planta resultaba tan acusada que pareció como si brillara con un inusitado resplandor. Belena recorrió disimuladamente con la vista los rostros de los presentes y pudo distinguir la sonrisa victoriosa de Oso, el rostro sobrecogido del cadí y la mirada inquisitiva del tercer personaje. Éste, reprimiendo su propia sorpresa, acabó diciendo:

—Ciertamente, se trata de un fruto de la tierra auténticamente peregrino. Parece... parece un hombrecillo...

—Es que es capaz de lograr que nazcan muchos hombrecillos —dijo Oso satisfecho mientras el cadí reprimía a duras penas un gesto de fastidio.

Belena temió que el *nasrani* estuviera siendo demasiado indiscreto sobre las virtudes de la planta y que el arrugado anciano acabara irritándose con él. Sin embargo, Oso parecía extraordinariamente contento y, desde luego, nada atemorizado por lo que pudiera sucederles. Sin dejar de utilizar un tono ampuloso y de acompañar sus palabras con gestos referidos a las distintas partes de la mandrágora, fue describiendo, con detalles abundantes pero casi con toda seguridad falsos, la manera en que la planta aumentaba prodigiosamente la fertilidad del hombre provocando el nacimiento de hijos varones, avispados y robustos.

—Estoy seguro de que el cadí se ha comprometido a pagarte un buen precio por esta planta —acabó diciendo el enigmático personaje.

Una sonrisa nerviosa, que más parecía la mueca de un simio ebrio que el gesto de un ser humano normal, se dibujó en el rostro atemorizado del barbudo anciano.

—Oh, sí, *Sayidi* —dijo entusiasmado Oso mientras Belena tenía la sensación de que comenzaba a entender sus verdaderas intenciones—. Mi hija Lara será puesta en libertad una vez que entregue esta prodigiosa planta. Acto que, como ahora mismo puedes ver, *Sayidi,* llevo a cabo.

Y, tras pronunciar estas palabras, Oso tendió la lechosa raíz al anciano cadí que era presa de un molesto temblor.

—¿Quieres decir —preguntó con voz severa el personaje de las insignias — que *esto* es el rescate de una deuda?

—*Sayidi* —contestó Oso aparentando que se sentía ofendido—, ¿qué otra cosa podría ser? ¿Acaso el pago de un soborno para que no se ejecutara una sentencia de muerte? No, *Sayidi,* no.

—No, no... —se sumó a las palabras de Oso el atemorizado cadí.

—Con esta raíz, de valor prodigioso, extraordinario, me atrevería a decir que incalculable —prosiguió hablando Oso—, queda saldada una deuda de la que mi hija Lara fue constituida prenda. Ahora, ante tus ojos, yo doy la planta al cadí y él me hará entrega a su vez de la persona de mi hija y de quinientas monedas de oro, que es la diferencia entre mi deuda y el valor en que tasamos la raíz.

Belena reprimió una sonrisa divertida. Había conocido canallas y embaucadores a lo largo de su vida, pero Oso parecía estar dotado de una habilidad especial para superar ampliamente a todos ellos. La mujer tuvo que realizar un profundo esfuerzo para contenerse al escuchar que el *nasraní* añadía:

—*Sayidi cadí,* ¿es que acaso son mis palabras contrarias a la justicia?

—No, no... —balbució el interpelado mientras un temblor considerablemente sospechoso comenzaba a sacudirle las manos.

—*Sayidi* —dijo ahora Oso dirigiéndose al misterioso sujeto—, comprueba que en nada he faltado a la verdad.

—Paga a este hombre —dijo con voz cortante el tercer personaje—. Hazlo ahora mismo.

—*Sayidi* —repuso casi tartamudeando el cadí—. Hay... hay un pequeño problema...

Por primera vez desde que entraran en la jaima y comenzara a hablar, captó Belena un ligero brillo de inquietud en los ojos de Oso.

—Bien —dijo el extraño personaje—. Habla. ¿De qué se trata?

—La niña... Lara... No está en mi poder... —respondió el cadí retorciéndose nerviosamente las manos.

Belena vio cómo una palidez mortal, casi tan fuerte como la de la mandrágora, se apoderaba pasajeramente del rostro de Oso.

—La llegada de los *masjud* a la ciudad fue tan inespera-da... —prosiguió el cadí— que no podía ocuparme de todos los reos por deudas... Estos *nasraníes* son malos pagadores, muchos de ellos se retrasan o no pueden abonar las cantidades que se les pide...

Belena se acercó sigilosamente a Oso y estiró una mano para coger la diestra del *nasraní*. Éste, como si hubiera estado buscando en la oscuridad algo a lo que aferrarse, se la apretó con fuerza.

—¿Dónde está la niña, cadí? —preguntó el personaje de las insignias con un tono de fría dureza.

—Se la entregué a uno de mis subordinados, Abdallah se llama —contestó al final el cadí.

Belena apretó aún con más fuerza la mano de Oso en un intento de comunicarle que se hallaba más cerca de él que nunca, que lo apoyaba sin condiciones, que lo amaba, y, al hacerlo, le pareció sentir cómo su corazón latía con una fuerza inusitada, precisamente aquella que nace de la cólera contenida.

—¿Dónde se encuentra ahora ese hombre tuyo? —siguió interrogando el anónimo personaje.

—Permaneció en Ishbiliyah encargado de participar en la resistencia de uno de los arrabales a la espera de que llegaran las tropas que tú mandas, *Sayidi* —respondió tembloroso el cadí.

—Pues su participación no ha resultado especialmente lucida... —dijo el sujeto, al que el anciano barbudo acababa de identificar con el jefe de las fuerzas del emir Abd-ar-Rahmán .

—*Sayidi* —intervino inesperadamente Oso—, ¿acaso Abdallah tenía orden de llevar a cabo la ejecución de Lara si no recibías la raíz en su plazo?

Conteniendo como pudo el temblor que se había apoderado de sus miembros como si se tratara de un maleficio, el anciano cadí asintió con la cabeza.

Belena pudo ver en los ojos de Oso como si en su interior algo acabara de romperse en miles de añicos. Tan sólo unos instantes antes parecía que su hija estaba a salvo y que además conseguiría arrancarle al corrupto y atemorizado cadí una importante suma de dinero. Ahora había quedado de manifiesto que la niña se encontraba en manos de su peor y más despiadado enemigo y que éste, si aún estaba vivo, la ejecutaría en cuanto expirara el plazo.

—Cadí —dijo el general—, entrega a este hombre las monedas de oro inmediatamente.

Luego volvió la mirada hacia Oso y añadió:

—Y tú, resígnate a perder a tu hija. Eres joven y podrás engendrar a otros hijos que además sean varones y no niñas.

Por un instante, Belena creyó que Oso no podría contener la ira que lo invadía, que aquellas palabras de desprecio hacia las mujeres en general y hacia su hija en particular le harían montar en cólera, que se abalanzaría sobre el altivo personaje... Se equivocó.

—*Sayidi* —dijo el *nasraní* con una voz suave pero firme—, consiénteme que te proponga una solución mejor.

El general le miró sorprendido. Sin duda no era persona acostumbrada a que se discutieran o siquiera matizaran sus órdenes. Oso, sin embargo, no permitió que se rehiciera de su desconcierto y siguió hablando con un aplomo que no dejó de causar el estupor de Belena.

—Mi parte de la deuda ha quedado satisfecha —prosiguió el *nasraní*— y justo es que se me satisfaga lo que se me debe. Te suplico que te constituyas en depositario de esta planta prodigiosa mientras yo voy a Ishbiliyah a buscar a mi hija. Si no regreso con ella, te pido que aceptes la raíz como un presente...

Belena se sintió sorprendida de la manera en que Oso podía reaccionar frente a la adversidad. No sólo no parecía dispuesto a rendirse, sino que además daba la impresión de que tenía el propósito de seguir presentando batalla hasta el final.

—... Por lo que se refiere a la niña —prosiguió—, te ruego que ordenes al cadí que me firme y marque con su sello una orden a fin de que Abdallah me haga entrega de ella, puesto que ya se cumplieron todas las condiciones y mañana concluye el plazo.

—Lo que dices es justo —comentó el general mientras se mesaba la barba—. No lo niego, pero... pero creo que tu amor de padre te ciega. No podrás entrar en Ishbiliyah antes de que venza el término de la deuda. Mis fuerzas quizá tengan que asediar la ciudad antes de que resulte posible el asalto.

—*Sayidi* —dijo con una sonrisa Oso—, disculpa el atrevimiento de este humilde siervo tuyo; pero conozco a un hombre, un hombre ciertamente extraordinario, que puede conseguir que entréis en la ciudad antes de que mañana se ponga el sol.

CAPÍTULO 6

El *rasul Allah* dijo que había *nasraníes* buenos y *nasraníes* malos, pero tú eres de una tercera especie peor que cualquiera de las otras dos. *¡Guay,* tú eres un *nasraní* loco! —protestó azorado, casi sobrecogido, Yalal-ad-Din.

—Creía que eras mi amigo... —fingió disgusto Oso ante la mirada divertida de Belena.

—Y lo soy, y lo soy... —dijo el persa alzando las manos al aire—, pero lo que pretendes de mí... Bueno, es imposible, Oso, es imposible. ¿Quién soy yo para conseguir que descienda fuego del cielo y además sobre la ciudad de Ishbiliyah? ¡Ni siquiera el *rasul Allah* lo habría podido lograr!

—He dado mi palabra a Isa Shohaid, el general en jefe de los ejércitos del emir... —dijo Oso aparentando una profunda pesadumbre que, en realidad, no sentía.

—Podrías haberla dado al mismo rey de los *jinns* —exclamó desesperado Yalal-ad-Din—. ¡Fuego del cielo! ¿A quién salvo a ti se le podía ocurrir prometer una insensatez semejante?

Oso se acercó al persa y le colocó amistosamente la diestra en el hombro.

—No sufras, *ahi* —dijo con voz tranquilizadora—. Sé de sobra que tú no puedes conseguir que descienda fuego sobre la ciudad...

El persa pareció tranquilizarse al escuchar aquellas palabras. Pensó, deseando animarse, que a fin de cuentas quizá su amigo no se había trastornado del todo.

—... En realidad —continuó Oso—, seré yo el que ejecute ese prodigio.

Belena y el *nasraní* apenas tuvieron tiempo para evitar que, al escuchar aquellas palabras, el persa se desplomara sin sentido contra el suelo.

—Creo que habría sido más prudente explicarle cómo piensas llevar a cabo tus intenciones antes de decirle que puedes hacerlo —reconvino suavemente Belena a Oso mientras mojaba el rostro del persa.

—Como suele suceder, seguramente tienes razón —comentó el *nasraní* mientras daba cachetes a las mejillas de Yalal-ad-Din—. Pero no andamos sobrados de tiempo. Mira, ya parece que vuelve en sí.

Los ojos del persa se abrieron espantados y todo su cuerpo dio un respingo al observar la cara sonriente de Oso.

—El *rasul Allah* enseñó que hay que ser compasivo con los locos —dijo Yalal-ad-Din mientras se incorporaba—, pero eso no significa que haya que dejarse arrastrar por ellos. El dolor, sí, el dolor, *ahi,* ha convertido en agua el seso que tienes... Es una lástima, porque eres un hombre sabio y...

—Sé cómo hacerlo —dijo Oso con una sonrisa—. Lo he leído en un libro.

El persa buscó con la mirada a Belena, pero ésta, sonriendo, asintió afirmativamente con la cabeza. Por un instante,

Yalal-ad-Din no supo si la locura de Oso se le había contagiado a la mujer como si se tratara de una plaga sobremanera maligna o si, realmente, el *nasraní* era capaz de ejecutar aquel prodigio nunca oído.

—¿En un libro? —preguntó el persa nada convencido.

Belena y Oso, al unísono, le respondieron con un firme asentimiento de cabeza.

—¿De esos que tú...?

Rápida como el rayo, la diestra de Oso descendió sobre los labios del persa para sellarlos.

—De esos —le dijo el *nasraní*—. De esos mismos. Y era un libro de historia de Roma, no de falsos relatos humanos...

El persa hizo ademán de incorporarse y Oso le retiró la mano de la boca.

—¿De Roma? —preguntó Yalal-ad-Din.

—Sí, de Roma —respondió sonriente Oso—, pero tienes que escucharme hasta el final.

—Bueno... si es así —dijo no del todo convencido el persa— Te escucho...

El *nasraní* no necesitó mucho tiempo para explicar a Yalal-ad-Din lo que se proponía. Como todos los buenos ejemplos de táctica brillante, su enorme complejidad, en realidad, quedaba reducida a una extraordinaria sencillez una vez comprendido. Cuando terminó de desentrañar su plan, el persa no sabía qué le causaba mayor sorpresa, si el ingenio de su amigo o su memoria para almacenar datos históricos aplicables a situaciones inesperadas.

—Nunca leí ese libro —dijo apesadumbrado el persa cuando Oso concluyó su relato— y no sabes cuánto lo siento...

—Más lo sentirías —añadió el *nasraní*— si conocieras a fondo al personaje. Era alguien excepcional, Yalal-ad-Din. Sabía de mecánica, de física, de óptica, de matemáticas... Lo habrías pasado bien con él.

—Sí —dijo un tanto triste el persa—. Lástima que muriera hace tanto tiempo. Claro que si al menos se pudiera conservar una parte de sus descubrimientos, no todo se habría perdido.

—Cuando todo esto acabe —comentó Oso—, una de las tareas útiles a las que podrías entregarte sería la de comenzar la traducción de obras como las de ese sabio al lenguaje que puedan leer las gentes de la península.

—¿En Toletum? —preguntó incrédulo el persa—. No sé yo si será el lugar más adecuado...

—Pues a mí no me parece mal enclave... —terció Belena.

—Es que no lo es —insistió Oso—, pero no nos distraigamos. ¿Qué te parece mi plan?

—Se puede realizar —dijo el persa— si me pongo a trabajar ahora mismo y a condición de que puedas averiguar cuál es la nave capitana de los *masjud*...

Oso guardó silencio. También él se había percatado de esa dificultad, pero no deseaba insistir en ella. De hacerlo así, podría dar la impresión de que pretendía impulsar a Belena a proporcionar informaciones sobre su gente y jamás se habría permitido ese comportamiento. La mujer estaba decidida a volver con ellos y cualquier petición que pudiera formularle a ese tenor sólo serviría para desgarrar más un corazón que intuía al menos tan herido como el suyo.

—... Creo... creo que podremos arreglarnos sin esa información —dijo Oso deseando pasar cuanto antes a otro punto del plan.

—Pues yo no —insistió el persa—. Sin contar con ese dato corremos el riesgo de...

—Yo os conduciré a la nave —dijo Belena con voz resuelta.

Oso miró sorprendido a la mujer. En apariencia su rostro se manifestaba hermoso y sereno como siempre, pero en la profundidad verde de sus ojos pudo captar una gigantesca lucha interna. Era como si se enfrentaran el océano y el viento, el mar y la tierra, las olas y la costa y, mientras los contendientes se herían, el final de la lid se mantuviera indeciso. Aunque... ¿realmente no estaba ya decidido? Sí, había que ser sincero y valiente y reconocer que todo estaba ya escrito, que el dado había sido arrojado y que Belena había tomado una decisión. Su acción de ahora era únicamente un último tributo al amor que pudo haber sido y que ya nunca sería.

—Gracias, Belena —musitó Oso y luego, torpe, apresuradamente, volvió el rostro hacia Yalal-ad-Din para dar forma a los últimos detalles.

CAPÍTULO 7

—No lo quiero —dijo Belena con una voz suave pero firme.

—Acéptalo —insistió Oso—. Lo necesitarás más que yo.

—No quiero esas monedas —volvió a decir Belena—. Yo vuelvo con mi gente, pero tú las necesitarás para comenzar una nueva vida con tu hija...

—Nunca pensé que contaría con ese dinero —comentó Oso sonriendo, aunque con un ligero deje de tristeza en la voz—. Siempre tuve la intención de salir adelante sólo con mi esfuerzo. Ayer se lo saqué al cadí pensando únicamente en ti...

Belena se mantuvo callada, pero un ligero temblor en la comisura derecha de sus labios dejaba traslucir su nerviosismo.

—Tú, por el contrario —prosiguió Oso—, llevas años fuera de tu hogar. Tu pueblo es una nación de guerreros. Sabrán apreciar que después de tanto tiempo regreses a su seno con un caudal.

—Oso... —protestó Belena.

—Está bien, está bien —dijo el *nasraní* levantando las manos—. No voy a discutir más.

Belena guardó silencio y clavó los ojos en algún punto del horizonte. Alguien que no la conociera habría pensado que realmente estaba buscando algo con la mirada. Oso sabía que, más bien, lo que intentaba era no ver nada y perderse en lontananza. Aunque atenta, en realidad se hallaba absorta, rezagada en algún lugar de su alma que la torturaba pero del que no podía evadirse.

Oso aprovechó aquel estado de ánimo. Sigilosamente, desprendió de su cintura un saquete de cuero y lo introdujo en la alforja de la mujer. Se trató de un movimiento tan rápido, tan suave y subrepticio que Belena no se percató de él.

Llevaban un buen rato sentados en aquel rincón del Guadalquivir. No se habían atrevido a intentar acercarse abiertamente hasta las naves de los *masjud* por temor a verse recibidos con una lluvia de venablos que impidiera a Belena decir quién era. Por el contrario, habían considerado más sensato dejarse atrapar. Estaban seguros de que una vez que los hombres de Harald captaran su presencia, no tardarían en intentar capturarlos vivos. En ese momento, la mujer podría revelarse como una de las suyas.

No tuvieron que esperar mucho. Oso captó a escasa distancia unos pasos suaves que se detenían para recomenzar a andar a intervalos regulares. Calculó que se trataría de dos o, a lo sumo, tres guerreros. Sin mover un solo músculo, se dirigió a Belena.

—¿Los has oído? —dijo en voz baja.

—¿A quiénes? —preguntó desconcertada la mujer.

—Hay al menos dos personas acercándose... —respondió Oso sin dejar de mirar a un punto perdido para fingir ignorancia de lo que se aproximaba.

—¿Estás seguro? —susurró Belena.

—Si no consiguiera estar seguro de cosas así, hace mucho tiempo que habría dejado de existir —respondió Oso—. Cuando yo te diga, ponte en pie y salúdalos... lo más amistosamente que puedas.

Belena realizó un leve gesto afirmativo con la cabeza. Oso comenzó a contar mentalmente. Estaba seguro de que antes de que llegara a veinte, los *masjud* los habrían alcanzado. Cuando alcanzó el número ocho, un respingo de Belena le dejó de manifiesto que también la mujer los había oído. Decidió no esperar más.

—Ahora —dijo en voz baja, pero claramente audible.

Como impulsada por un resorte, Belena se puso en pie, dio media vuelta y comenzó a hablar en una lengua extraña que a Oso le pareció especialmente dura. Abundaban en ella los sonidos palatales, así como otros que sólo podían pronunciarse frunciendo los labios y dejando escapar el aire entre ellos. El *nasraní* se preciaba de conocer varias lenguas, de las que no pocas resultaban muy diferentes de su romance natal. Sin embargo, en aquellos momentos no le pareció que ninguna se asemejara ni siquiera lejanamente a la que estaba utilizando Belena.

Cuidadosamente, con la prudencia suficiente como para no provocar las suspicacias de los recién llegados, Oso también se puso en pie y se volvió hacia ellos.

No se había equivocado. Se trataba de tres guerreros de aspecto realmente impresionante. Unos collares de conchas semicubrían sus torsos velludos y desnudos y en la cabeza llevaban unos bruñidos yelmos de metal que les tapaban completamente la frente, las mejillas y la nariz, ocultando casi por completo el rostro. Le llamó la atención el tono claro de sus ojos, tan transparente que, por comparación, los de Belena casi hubieran podido considerarse oscuros. Pero aún más sorprendente le resultaron las trenzas que salían por debajo de los cascos que les protegían la cabeza. Eran largas, espesas y de un color amarillo fuerte. Jamás había visto hombres con una cantidad semejante de pelo. ¿Lo llevaban así para gloriarse de la belleza de sus cabelleras o tema otra finalidad desconocida? Por un instante, lamentó no haberle preguntado a Belena más cuestiones relacionadas con su pueblo. Ahora ya era tarde.

Los tres guerreros escucharon las palabras de Belena con un gesto de estupor. Sin duda debía de hacer mucho tiempo que no oían su lengua en unos labios que no fueran los de sus compañeros de incursiones. Sin embargo, su sorpresa inicial fue breve y de manera casi inmediata dejó paso a grandes risotadas. Como si fuera un compañero más, se acercaron a Belena y comenzaron a propinarle vigorosas palmadas en los hombros y la espalda. La mujer, desde luego, no pareció intimidada. También riéndose asestó amistosos puñetazos en el pecho y el estómago de los tres guerreros.

A Oso siempre le había parecido un tanto empalagoso el ritual que utilizaban los *muslimin* para saludarse, pero no tenía la menor duda de que era preferible al comportamiento de aquellos bárbaros. Bárbaros... Sorprendido, se percató por primera vez de que la mujer más inteligente que hubiera conocido jamás pertenecía a una nación bárbara. En otro momento se habría detenido a meditar sobre tan peregrina circunstancia. Ahora no era posible y además resultaba superfluo.

De repente, Belena se volvió hacia donde se encontraba Oso y lo señaló con grandes aspavientos. El *nasraní* no podía captar lo que estaba diciendo, pero estaba seguro de que era bueno. Mientras la mujer soltaba frase tras frase en aquella incomprensible lengua, los guerreros lo contemplaron primero con sorpresa, y luego comenzaron a emitir una serie de gruñidos situados a mitad de camino entre el aprecio y la admiración.

En ese mismo momento, Belena se separó de ellos, dio unos pasos hacia Oso y le agarró la muñeca derecha. Entonces, con un vigor que el *nasraní* nunca había sospechado, le alzó el brazo por encima de la cabeza y los *masjud* prorrumpieron en unos gritos de aprobación. Por primera vez en todo lo que iba de día, Oso se sintió desconcertado. Sin embargo, fue una sensación que apenas duró un instante.

—Les gustas. Estás a salvo —le dijo Belena mientras le sonreía irónicamente.

—Gracias a Dios —musitó Oso.

Uno de los guerreros realizó un gesto de invitación y los cinco emprendieron la marcha hacia Ishbiliyah. Oso procuró mantenerse a la misma altura de Belena mientras caminaban sin abandonar la cercanía de la ribera del Guadalquivir.

—¿Sabes adónde vamos? —susurró a la mujer procurando que no se le oyera.

—Oso —le reprendió Belena suavemente—, procura comportarte de una manera natural para que no sospechen nada. No tiene sentido que hables en voz baja. No entienden tu lengua.

—Está bien —dijo el *nasraní,* carraspeó y, elevando la voz, la añadió—: pero ¿tienes idea de adónde nos conducen?

—Vamos a la nave de Harald —contestó Belena antes de contestar a unas palabras que le había dirigido uno de los guerreros.

—¿Estás segura? —insistió el *nasraní.*

—Completamente —respondió Belena sin dejar de mirar a los guerreros e intercambiar con ellos palabras y gestos incomprensibles para Oso.

—¿Te fías de ellos? —volvió a remachar el *nasraní.*

—Totalmente —repuso Belena—. Desde hace años estoy ligada por un compromiso sagrado a Harald y está deseando encontrarme.

Por un instante, el corazón de Oso se detuvo y su vista estuvo a punto de nublarse. Hasta ese momento, en lo más profundo de su ser había conservado la esperanza inconfesa de que, en el último instante, Belena decidiera acompañarle. Era consciente de que existían poderosas razones para que no se comportara de esa manera, pero ahora le resultaba obvio que todas sus ilusiones habían resultado vanas. Mientras meditaba, se percató de que una insoportable sensación de abandono se apoderaba de él y, al mismo tiempo, experimentó un profundo sentimiento de ternura hacia Belena. Comprendió que sus luchas internas no se habían desarrollado entre su amor y su pueblo, sino entre su deber y su relación con Harald, por un lado, y los sentimientos que pudiera sentir hacia ese hombre llamado Oso al que conocía desde hacía poco más de una semana. Apesadumbrado, el *nasraní* concluyó que, vistas así las circunstancias, nunca había tenido la más mínima posibilidad de que la mujer de los hermosos ojos verdes permaneciera a su lado. No obstante, esa reflexión no le otorgó ningún consuelo sino que, por el contrario, agudizó su pesar.

—Siento no habértelo dicho antes —dijo Belena arrancando a Oso de los pensamientos en que se hallaba sumido—, pero... pero yo no sabía si alguna vez...

Calló, convencida, quizá, de que cualquier explicación sobraba en aquellas circunstancias.

—Oso —volvió a hablar Belena—, no deseo despedidas.

—Puedes estar tranquila —repuso con voz falsamente serena el *nasraní*— No las habrá.

—Bien —dijo la mujer—. Cuando lleguemos a la nave, intentaré distraer a Harald y a sus hombres mientras tú cumples tu misión. Luego escapa...

—¿No tienes miedo de que ponga en peligro la vida de... ese hombre? —preguntó Oso intentando dar un tono neutro a sus palabras.

—Sinceramente, no creo que las fuerzas del emir puedan enfrentarse con los hombres de Harald, ni tampoco derrotarlos —respondió Belena—. Pienso, sí, que pueden obligarlos a replegarse lo suficiente como para que tú recuperes a tu hija y te resulte posible huir hacia el norte. Allí comenzarás una nueva vida con el dinero que le sacaste al cadí.

—Sí, claro... —dijo Oso reprimiendo la sonrisa que acababa de aflorarle alegre a los labios. Al fin y a la postre, pensó recordando el dinero, iba a demostrar sus dotes de embaucador una vez más...

Cuando llegaron al lugar del río donde estaba atracada la flota de Harald, el *nasraní* tuvo que reconocer la astucia de los guerreros venidos del lejano norte. No se trataba sólo de que aquellos barcos con forma de terribles monstruos pudieran aterrar a cualquiera. Tampoco era únicamente que contaran con un calado tan peculiar que, seguramente, debían de estar dotados de una velocidad extraordinaria. Es que además sabían ocultar a la perfección quién se hallaba al mando de la flota y lo convertían de esta manera en alguien invulnerable.

Oso sabía por la historia que no eran pocas las batallas marítimas que se habían decidido llegando hasta la nave capitana y destruyéndola. Tal posibilidad resultaba inalcanzable con los vikingos. Humildemente, reconoció ante sí mismo que jamás habría podido dar con esa embarcación oculta en medio del bosque de barcos que ocupaba la cuenca del Guadalquivir. Sin Belena, su misión sólo podría haber concluido en fracaso.

La nave ante la que finalmente se detuvieron no se distinguía de las demás por ningún signo externo. Resultaba, por lo tanto, igualmente sobrecogedora. Su proa presentaba la forma caprichosa de una gigantesca L mayúscula que, en su extremo superior, se contorsionaba hasta convertirse en una imponente cabeza de dragón. Cuidadosamente labrada en una madera recia y brillante, Oso se percató de que una persona que sólo contemplara aquella parte del barco quedaría convencida de hallarse ante un monstruo pavoroso.

El casco del barco le pareció al *nasraní* inusitadamente plano y bajo. Desde luego, no se trataba de una construcción habitual y no se asemejaba a nada que Oso hubiera podido contemplar con anterioridad, pero tampoco dejó de darse cuenta de que había mucha agudeza oculta en aquellas formas concretas. Muy posiblemente, aquella nave podría aprovechar mucho mejor el impulso del viento o de los remeros, y además debía de resultar extremadamente fácil bajar de ella para realizar un saqueo o volver a subir con carga y quizá huyendo. Al final, como le había enseñado la vida en multitud de ocasiones, el *nasraní* convino en reconocer que las creaciones más útiles e ingeniosas suelen ser sencillas.

Pese a todo, lo cierto es que Oso no pudo evitar sentir una cierta sorpresa al observar cómo Belena subía a la nave.

Hacía tiempo que la mujer no había podido hacerlo y en buena lógica tendría que haber perdido algo de práctica. Sin embargo, saltó con la misma agilidad que un gamo, sin mirar, sin tomar impulso, como si no hubiera realizado otra actividad en toda su vida.

—*Du är Belena?*[1] —dijo de repente un sujeto alto y barbado, con el velludo pecho al descubierto.

—*Ja, jag är*[2] —respondió la mujer de los ojos verdes sin que aparentara reconocer a su interlocutor.

—*Jag är Erik*[3] —dijo tras lanzar una risotada el vikingo.

—¿Erik? —contempló que preguntaba incrédula Belena.

—*Ja, ja...*[4] —insistió con movimientos afirmativos de cabeza el guerrero.

—*Är Harald här?*[5] —preguntó con voz trémula Belena.

—*Ja, Belena*[6] —respondió el vikingo mientras una sonrisa brotaba en medio de su espesa barba rubia.

Por un instante, la mujer pareció dudar. Luego, de repente, como impulsada por un resorte, dio unos pasos hacia adelante y abrazó al rubicundo vikingo.

Oso no terminaba de entender la escena. Ni una sola palabra de la breve conversación le resultaba familiar y además sólo podía intuir que Belena y aquel guerrero se conocían, pero no el grado de relación que existía entre ambos. Intentaba ordenar sus pensamientos cuando un grito vigoroso, fuerte y claro sonó a su espalda. La voz sólo había pronunciado una única palabra, el nombre de Belena.

CAPÍTULO 8

Al igual que Belena, Oso giró inmediatamente sobre sí mismo en la dirección de la que procedía la voz. Sin que mediara una sola palabra, comprendió en ese mismo momento quién era la persona que había pronunciado el nombre de la mujer y ahora aparecía antes sus ojos. Se trataba de un vikingo de cabello negro y barba recortada. El *nasraní* calculó que, como mínimo, aquel guerrero debía de tener una estatura superior a la suya en dos palmos. No era un hombre especialmente corpulento, pero a Oso no le cupo duda alguna de que debía de tratarse de un combatiente magnífico. Bastaba para llegar a esa conclusión simplemente con observar la pesada espada que le colgaba de la cintura.

Sin poderlo evitar, Oso pensó que en un enfrentamiento contra él seguramente no contaría con ninguna posibilidad de emerger como vencedor. No podía caberle ninguna duda razonable de que si, finalmente, el plan que había concebido unas horas atrás no resultaba bien no sólo habría perdido a Belena y a su hija. Él tampoco conseguiría salir con vida del envite. En cualquier caso, sabía en lo más profundo de su corazón que sin ellas dos no tendría valor para continuar viviendo, y entonces habría que preguntarse de qué le había servido escapar pasajeramente de la horca.

El alto guerrero dio unos pasos en dirección a Belena. Los ojos le brillaban de una manera extraña a causa de una agüilla que los humedecía completamente. Sí, reflexionó Oso, no podía caber ninguna duda de que aquel hombre la amaba, y seguramente mucho. Intentando contener el profundo pesar que había comenzado a invadirle hasta la última fibra de su ser, el *nasraní* miró de reojo a Belena.

—*Belena, var har du varit?*[7] —preguntó el guerrero con una voz ligeramente bronca.

—*Ja är ledsen...*[8] —respondió la mujer de los ojos verdes que parecía repentinamente envarada.

El vikingo se detuvo un instante mientras en sus ojos aparecía fugazmente una nube de desconcierto. Luego respiró hondo y dio unos pasos hasta la mujer. Belena dejó que el hombre alto la rodeara con sus brazos, pero no le devolvió el afectuoso gesto. El guerrero se mantuvo en aquella posición durante unos instantes. Después apartó a la mujer y la con templó. En respuesta, Belena le sonrió de una manera que a Oso se le antojó forzada. Pero... entonces... ¿cómo...?

—Oso —le dijo Belena interrumpiendo sus pensamientos—, éste es Harald, el hombre con el que..., con el que me une ya un compromiso del que te he hablado antes... Hace mucho que no nos vemos...

Luego, sin esperar siquiera respuesta del *nasraní,* la mujer se volvió hacia el vikingo y pronunció algunas frases. Oso comprendió casi inmediatamente que Belena hablaba de él, porque el guerrero alternaba las miradas que dirigía a la mujer con otras que le tenían a él por objeto. Al final de un parlamento que fue muy breve, pero que a Oso le pareció eterno, Harald se acercó a él y le colocó la diestra sobre el hombro. A continuación, mirándole a los ojos, comenzó a hablar.

—Dice que te está muy agradecido —tradujo Belena con una voz empañada por un ligerísimo temblor—, que... que... le has devuelto aquello que más estima, que puedes pedirle cualquier objeto del botín porque estará encantado de entregártelo como recompensa...

Calló Harald e inmediatamente guardó silencio Belena.

—Dile —dijo Oso reprimiendo la emoción que lo embargaba— que no quiero nada... Acompañarte hasta aquí fue... fue... Es igual... dile que no deseo nada en absoluto.

La mujer tradujo como pudo aquellas palabras. De los ojos de Harald había desaparecido la agüilla para dar paso nuevamente a una sombra de desconcierto. Esta vez no dijo nada. Se limitó a asentir con la cabeza para indicar que le comprendía, aunque el *nasraní* se preguntó si realmente era así.

—Oso —dijo suavemente Belena—, aquí se separan definitivamente nuestros caminos... Nunca más volveremos a vernos, pero... pero quiero que sepas que jamás he conocido a nadie como tú..., que... que te recordaré hasta el último día de mi vida...

El *nasraní* guardó silencio. Hacía ya tiempo que había aprendido a leer en los ojos extrañamente verdes de la mujer y sabía que bajo su apariencia de tranquilidad rugía una tempestad tan fuerte que de haber tenido lugar en alta mar habría hundido mil flotas como la que los vikingos habían atracado en las riberas del Guadalquivir.

—... Harald y yo tenemos muchas cosas de que hablar —prosiguió Belena—. No existe ningún riesgo de que nadie vaya a vigilarte. Cumple con tu misión y escapa... Sé que ese Dios en el que tú crees... ese Dios, que se compadece de los desvalidos y escucha a los de corazón noble, te protegerá...

Habría deseado hablarle, pronunciar las frases que había pensado tantas veces y que nunca habían salido de su garganta, expresar siquiera una mínima parte de lo que se abrigaba en su corazón. Sin embargo, no logró hacerlo. Antes de que pudiera despegar los labios, Belena se dio media vuelta y tomó el brazo de Harald. Comenzó entonces a hablar al vikingo y al mismo tiempo a conducirlo hasta uno de los extremos de la nave.

Oso contempló cómo se alejaban deseando con todo su ser que Belena le dirigiera la última mirada, que le permitiera contemplar su rostro una vez más. Sin pensarlo siquiera, alzó el índice de la mano derecha como unos días atrás lo había hecho para dormirla. Lo mantuvo en alto tan solo un instante y entonces, como si hubiera escuchado sus pensamientos, la mujer giró por un instante la rubia cabeza y clavó fugazmente en él los ojos. Sólo duró un momento apenas más largo que el que se precisa para arrojar el aire usado desde el interior del pecho, pero en ese intervalo fugaz los dos se dijeron todo. Luego, como si nada hubiera sucedido, Belena le volvió otra vez la espalda y, llevándose la mano derecha a la altura de la cintura, movió los dedos como había hecho poco después de que se conocieran.

El *nasraní* comprendió. Entonces apartó los ojos de Belena, abarcó con una mirada fugaz toda la nave y se percató de que nadie le observaba. Con gesto rápido se llevó inmediatamente la mano al pecho y sacó de debajo de la ropa una banderola roja cuidadosamente plegada.

Lo que hizo a continuación sucedió con tanta celeridad que nadie se dio cuenta de ello hasta que no tuvo remedio. Sujetó primero con los dientes la banderola y luego, casi de un salto, comenzó a trepar por el mástil de la nave. Si el *nasraní* se hubiera detenido a reflexionar, habría sido el primer sorprendido por su agilidad. Impulsado por una fuerza que nunca antes había sentido, por un calor que parecía arderle por todo el cuerpo, por un vigor que fortaleció sus miembros como si fueran de hierro, llegó con inusitada rapidez hasta el extremo del palo. Entonces, sujetándose con las piernas y los codos, se dejó las manos libres. Con gesto apresurado, ató a continuación la banderola roja en la punta del mástil.

Por un instante, pareció que el colorido trapo quedaba pegado sobre la madera como si de una piel seca y muerta se tratase. Oso se lamió entonces un dedo y lo levantó para descubrir el rumbo hacia el que soplaba el aire. Luego, con la mayor celeridad de que fue capaz, extendió la banderola en esa dirección. Igual que si se tratara de un pellejo inflado por un vino fuerte y poderoso, el trapo se hinchó, e inmediatamente, a semejanza del corazón de un enamorado, tremoló al viento.

Oso se disponía a bajar del mástil cuando escuchó casi a sus pies un alarido de cólera. Instintivamente, dirigió la mirada hacia la cubierta de la nave. Lo que contempló sólo podía interpretarse de la manera más inquietante. Uno de los vikingos le acababa de descubrir y seguía lanzando gritos mientras le señalaba. En apenas unos instantes, el *nasraní* tuvo que esforzarse para esquivar los dardos y venablos que los hombres del norte habían comenzado a lanzar contra él. Buscó con la mirada a Belena, pero la lluvia de proyectiles le impidió contemplar la nave con la serenidad que hubiera necesitado para dar con ella.

Cuando un hacha pasó rozándole el brazo izquierdo y le desgarró la ropa y con ella la piel, Oso se dio cuenta de que no podría permanecer en aquel lugar sin que lo mataran inmediatamente.

Su única salida consistía ahora en intentar llegar al agua antes de que lo alcanzaran con un proyectil. Calculó con un vistazo el impulso que tendría que darse para caer en el río y se percató de que un ligero error le condenaría a estrellarse contra la cubierta, donde los vikingos lo despedazarían.

Por un instante, elevó su alma en una oración en la que juntó a Lara y a Belena. Luego, procurando surcar el aire como si pudiera caminar a través de él, se proyectó contra el agua. Mientras caía desde el mástil, sintió nítidamente el silbido de los dardos que volaban en torno a su cuerpo. Luego, al hundirse en la corriente, notó, primero, un áspero golpe de frío que le cortó por un instante la respiración y, a continuación, un fuerte impulso hacia arriba como si un soplo invisible lo empujara en dirección a la superficie. Con la cabeza fuera del agua, aspiró golosamente una bocanada de aire y comenzó a nadar para separarse de la nave lo más rápidamente posible.

Logró Oso dar algunas brazadas mientras las armas arrojadizas se hundían en las ambarinas ondas que lo rodeaban. Pero la suerte no podía resultarle más adversa. Los marinos de Harald habían avisado a las otras tripulaciones y sobre el *nasraní* caían proyectiles procedentes de no menos media docena de naves. Oso intentaba sumergirse el mayor tiempo posible para resguardarse del impacto de los dardos, pero no podía evitar el emerger para respirar. Logró ejecutar aquella arriesgada maniobra en un par de ocasiones. La tercera sintió en la espalda la mordedura, aguda y fría, de una lanza. Manoteó intentando mantener el equilibrio y seguir a flote, pero no lo consiguió. Dejando tras de sí una estela sanguinolenta, el cuerpo herido de Oso se hundió en el Guadalquivir.

CAPÍTULO 9

Yalal-ad-Din observó angustiado cómo el cuerpo de Oso se sumergía en las aguas dejando en pos suyo un reguero rojizo. Durante unos instantes, todas las armas arrojadizas de los hombres del norte se concentraron en aquel lugar como si desearan asegurar sin ningún género de dudas la muerte del *nasraní*.

—Es lamentable —comentó Isa Shohaid—. Aunque, a fin de cuentas, no era más que un *nasraní*...

—*Sayidi* —dijo Yalal-ad-Din mientras dirigía la mirada al caudillo de los ejércitos del emir Abd-ar-Rahmán—, no puede cuestionarse la verdad de lo que acabas de decir, pero ese... *nasraní* acaba de rendirte un servicio que ningún *muslim* podría mejorar.

Isa Shohaid guardó silencio. Sin embargo, por la manera en que devolvió la mirada a Yalal-ad-Din, podía deducirse que no se sentía satisfecho de sus anteriores palabras. Finalmente, se llevó la mano derecha a la barbilla y, mientras se la acariciaba nerviosamente, dijo:

—Me ocuparé de que se trate bien a su hija... Y ahora haz lo que tienes que hacer.

El persa no pronunció una sola palabra. Chasqueó los dedos pulgar y corazón de la mano derecha e inmediatamente tres de los hombres a las órdenes de Isa Shohaid comenzaron a descargar de unas acémilas unos paquetes envueltos en tela roja. Realizaron su tarea con rapidez, pero también con cuidado, como si nunca hubieran llevado a cabo una labor distinta de aquélla. Cuando hubieron depositado en el suelo la totalidad de la carga, Yalal-ad-Din procedió a desatar los cordeles que ataban los fardos.

Para cualquiera que ignorara lo que pretendía el persa, el contenido de éstos no hubiera servido para aclarar en lo más mínimo cuáles eran sus propósitos. En rápida sucesión, fueron quedando expuestos a la vista tablones de distinto tamaño y gruesos y redondos vidrios de dimensiones desiguales. El enorme esfuerzo que se había requerido para elaborar aquellos materiales resultaba inimaginable salvo para Yalal-ad-Din, que sabía que sopladores y pulidores habían trabajado ininterrumpidamente desde el día anterior.

El persa levantó la mirada hacia el firmamento para otear el lugar exacto en que se hallaba situado el sol. Alzó la mano derecha y, por un instante, pareció que podía sujetar entre sus dedos los rayos de luz. Entonces cerró los ojos y así se mantuvo un instante. A continuación apretó los labios hasta reducirlos a una mera línea y, finalmente, abrió los párpados. Luego, como si se tratara de las piezas que componen un mueble, el persa comenzó a ensamblar los pedazos de madera y, sujetos con ellos, dispuso los cristales en sentido decreciente.

Por un instante, pareció que nada de aquellas complicadas maniobras tuviera sentido. Los hombres que habían ayudado a Yalal-ad-Din a distribuir los aparejos comenzaron a intercambiarse, primero, miradas de perplejidad y, luego, de fastidio. Por su parte, Isa Shohaid comenzó a tironearse nervioso de la negra barbita. Impaciente, dio un par de pasos hacia el persa. Tenía la intención de reprenderlo con toda su aspereza, pero no pudo. De repente, como arrancado del fuego del averno, un haz de luz atravesó las lentes. Entonces, igual que si un ensalmo mágico hubiera metamorfoseado prodigiosamente su naturaleza, aquella amarilla luminosidad se transformó en un rayo blanco.

Cortando el aire como la hoz siega las espigas, la ardiente luminosidad se estrelló contra la vela de la nave de Harald. Un punto negro sobre la blanca tela dio testimonio de que la luz había alcanzado su objetivo. Entonces, de manera inmediata, una llamarada violenta, vigorosa e inesperada desgarró con un rojo lametón la amarilla vela vikinga que colgaba altiva del esbelto mástil. Tan sólo un instante antes, la embarcación constituía un cúmulo de orden y eficacia que habrían causado la envidia de cualquier caudillo. Ahora, de repente, sufrió una experiencia similar a la que provoca un tazón de aceite derramado cuya mancha se extiende incontenible sobre el tejido. La única diferencia era que en lugar de grasa lo que invadía la madera era el fuego, un fuego impetuoso, devorador e incontrolable.

Los vikingos tardaron cierto tiempo en darse cuenta de lo que estaba sucediendo a sus espaldas, absortos como estaban en descubrir alguna señal de que Oso seguía con vida. Sólo el humo negro y espeso y las rápidas llamaradas los alertaron del peligro que acechaba a su nave capitana.

De repente, el aire que antes sólo había sido rasgado por el silbido de los proyectiles dirigidos contra el *nasraní* se vio invadido por una barahúnda de gritos, juramentos y maldiciones. Los guerreros del norte intentaron extinguir el incendio, pero las llamas destruían todo a su paso con un apresuramiento excesivo para sus energías. De hecho, aún se movían desesperados para intentar detener el letal avance del fuego en la embarcación de Harald, cuando un coro de aullidos dejó de manifiesto que otra nave acababa de ser herida por el ingenioso juego de espejos creado por Yalal-ad-Din.

Los vikingos eran guerreros diestros. Incomparables en la navegación por mar, rápidos como el rayo en tierra, despiadados en los asaltos a poblaciones e intrépidos ante cualquier adversario, comenzaron ahora, sin embargo, a sentirse presa de un poder extraño y, sobre todo, desconocido. Algunos de los capitanes empezaron a gritar orden tras orden, pero sin coordinación ni concierto.

Yalal-ad-Din contempló la figura de Harald recortada en lontananza. Ignoraba quién era aquel guerrero de estatura elevada, pero captó inmediatamente que se trataba de un caudillo nato. Sabedor de que su barco no podría ahora salvarse, había comenzado a lanzar armas y bagajes a las cubiertas de naves cercanas y aún intactas. En cuanto a sus guerreros, convencidos de que lo más importante era ponerse a salvo, habían empezado a saltar por la borda. Sin duda eran los vikingos que actuaban con mayor sensatez, pero no por ello dejaron de resultar impotentes sus esfuerzos. Antes de que pudieran discernir cuál era el origen de aquel invencible envite, seis de las naves se hallaban ya a punto de convertirse en gigantescas pavesas que apenas lograban seguir flotando sobre las tranquilas aguas del Guadalquivir.

Isa Shohaid no había perdido detalle de lo que sucedía en la cuenca del río. El *nasraní* no había exagerado lo más mínimo. El efecto del arma construida por el persa había excedido ciertamente con mucho sus esperanzas más optimistas. Lo que muy poco tiempo antes era un ejército imponente e invulnerable se asemejaba ahora a un rebaño de animales asustados presa del pánico más invencible.

El general de los ejércitos del emir de Qurduba reprimió una sonrisa de satisfacción mientras llevaba su mano a la lujosa empuñadura de su bien templado alfanje. Tras desenvainar el arma curva, la alzó por encima de su cabeza y gritó con altivo entusiasmo:

—*¡Al-lahu akbar!*

CAPÍTULO 10

Apenas el aire quedó rasgado por el grito de Isa Shohaid, un espeso paño de silencio pareció descender sobre la ciudad de Ishbiliyah. Fue un efecto que parecía causado por el poder maléfico del que sólo disfrutan los más sofisticados embrujos de los hechiceros experimentados. Se prolongó apenas unos instantes, pero durante los mismos dio la impresión de que el tiempo se había detenido y de que la quietud se había apoderado del lugar, quedando sólo mancillada levemente por el ruido que ocasionaban las embarcaciones al arder. Como si de pronto hubieran sido avisados de un peligro sobrecogedor e invencible, casi sobrenatural, los vikingos, cubiertos de sudor y humo, volvieron la mirada hacia las plácidas orillas del Guadalquivir. Éstas también daban la impresión de hallarse sumidas en el mismo letargo. Sin embargo, se trató de una sensación casi tan fugaz como un pestañeo.

De repente, como las hambrientas hormigas que abandonan su morada subterránea y saltan sobre la codiciada captura, unas figuras blanquecinas comenzaron a pespuntear las cercanías de ambas riberas. Primero una, luego diez, cien, quinientas... y cuando, ya convertidas en millares, empezaron a afluir sobre las naves, el silencio fue aterradoramente sofocado. De una miríada de gargantas emergió, salvaje, colérico y violento, el *alilí* de la guerra. Millares de lenguas comenzaron a golpear de izquierda a derecha el interior de las bocas que les daban cobijo emitiendo un sonido agudo, cortante y pavoroso.

Todos los hombres de Harald eran veteranos de docenas de combates. Cualquiera de ellos habría matado al que hubiera osado poner en duda su valor y, de haber existido el *Walhalla,* se habrían contado entre sus huéspedes más dignos. Sin embargo, aquella inmensa masa de guerreros que aullaban como seres procedentes de las frías y tenebrosas moradas del dios Loki causó en ellos un efecto paralizador. Por primera vez para la mayoría, no eran ellos los que tenían la iniciativa en el ataque, no eran ellos los que desencadenaban la ofensiva, no eran ellos los que actuaban como implacables depredadores.

Desde una de las naves aún intacta, Harald comenzó a dar órdenes. Aquella voz, enérgica y bronca, pareció arrancar a los vikingos del pesado estupor que se estaba apoderando de ellos. Con una extraordinaria rapidez, formaron líneas en las cubiertas de los barcos antes de que las fuerzas del emir Abd-ar-Rahmán llegaran hasta las arenosas orillas. Protegidos casi completamente por los brillantes escudos que colgaban de las bajas bordas, los guerreros del norte aferraron sus armas arrojadizas y esperaron el momento preciso para hacer de ellas el uso más letal posible.

Sin mover un solo músculo, dejaron que los aullantes soldados del emir llegaran a las riberas y empezaran a adentrarse en el agua. Entonces, cuando el líquido elemento llegaba a los enemigos a la altura del pecho y apenas podían maniobrar, Harald lanzó un grito. Como si hubieran sido un solo hombre, los vikingos arrojaron las pesadas armas que sostenían en las manos. Formando una oscura nube de dardos y venablos, lanzas y hachas, desgarraron los aires para caer inmisericordes sobre los cuerpos de los atacantes. Pocos de ellos llevaban armaduras o escudos y el impacto de las armas arrojadizas difícilmente pudo resultar más destructivo. En apenas unos instantes, los miembros saltaron deshechos por los aires, mientras las aguas del Guadalquivir se teñían de una tonalidad rojiza casi de manera instantánea.

Cualquier otro ejército con el que pudieran enfrentarse los vikingos habría retrocedido al recibir un golpe de aquella cruenta magnitud. Pero, para sorpresa de Harald y sus hombres, los atacantes no detuvieron su avance ni tan siquiera un ápice. Convencidos de que la muerte en combate sólo les allanaría el camino hacia el Paraíso, los *muslimin* creaban una sobrecogedora sensación de invencible inmortalidad. Cada uno de sus caídos era inmediatamente sustituido por al menos otro guerrero que continuaba avanzando incontenible hacia las naves vikingas.

No tardaron mucho los *muslimin* en comenzar a trepar por los cascos de las embarcaciones. Los guerreros del norte cortaron, primero, las cuerdas por las que subían sus enemigos y, luego, cuando esta medida se reveló insuficiente, hicieron un uso despiadado de sus mortíferas y afiladas hachas. Por docenas cayeron los atacantes mutilados, heridos o muertos, pero tampoco aquella extraordinaria mortandad sirvió para detenerlos.

Yalal-ad-Din contemplaba con espanto la matanza que se desarrollaba a escasos tiros de piedra del lugar en el que se encontraba. Sin despegar los labios, se preguntaba qué podía justificar aquel inacabable derramamiento de sangre. Tanto unos como otros estaban convencidos hasta lo más profundo de su corazón de que aquel derroche de valor y muerte les facilitaría el camino hacia un paraíso repleto de bebida y deleites. Pero, ¿qué botín —por muy cuantioso que fuera— sería el suficiente para cubrir las bajas sufridas por los vikingos y enjugar las lágrimas de sus esposas e hijos? ¿Qué paraíso —por muy hermoso que resultara— supondría la legitimación de un sacrificio valiente pero insaciablemente cruento como el de los *muslimin*? ¿Realmente el único destino que esperaba a los hombres, a las mujeres, a los niños, a los ancianos era el de ser triturados en torbellinos de aniquilación y muerte semejantes al que ahora tenía ante la vista? Sin poderlo evitar, el persa notó que los ojos se le llenaban de lágrimas, unas lágrimas motivadas por la visión de los verdugos y de las víctimas, de los que morían y de los que ocasionaban la muerte. En su violenta ceguera, quizá no existiera mucha diferencia entre ellos... Fue entonces cuando Yalal-ad-Din distinguió a Belena.

Se pasó el dorso de la diestra sobre los humedecidos ojos y luego parpadeó para recuperar la nitidez de la visión. Sí, no cabía duda. Era ella. Como el resto de los vikingos, retrocedía hacia las naves que aún no habían sido abordadas por los guerreros de Isa Shohaid. Ninguno de los hombres del norte había dejado de combatir ni siquiera un instante, pero su encarnizado denuedo se estaba mostrando insuficiente para contener aquella oleada de hierro y fuego que amenazaba con devorarlos.

Apenas a unos pasos de ella, deshaciendo a los atacantes como si se tratara de monigotes de paja, el persa vislumbró la alta figura de Harald. El *masjud* parecía incansable. Sin dejar de combatir, seguía gritando a sus hombres que le obedecían sin distraerse, pero también sin poder evitar el aumento continuo de bajas. Yalal-ad-Din se percató con dolor de que ni uno solo de aquellos guerreros quedaría con vida si no lograba huir. Los que se rezagaban, los que caían heridos, los que tropezaban eran rematados sin piedad por los *muslimin* que subían en incontenible riada a las naves.

El persa vislumbró cómo el caudillo vikingo retrocedía hacia Belena. Por un instante pareció que dejaba de combatir. Sudoroso, respirando con dificultad, Yalal-ad-Din vio que Harald hablaba con la mujer acompañando sus palabras de gestos imperiosos. Belena... ¿por qué aquella enigmática mujer se había empeñado en acompañar a Oso? ¿Por qué, luego, había decidido regresar con los *masjud*?

Oso también vio las figuras de Belena y Harald. La herida superficial de la espalda había dejado de sangrarle, pero, fría y mojada, le producía ahora un dolor agudo. Había estado a punto de ahogarse en su denodado esfuerzo por alcanzar la orilla nadando bajo el agua. Al final, su parte de pez debía de haber prevalecido sobre la de oso. Sin fuerzas, sin vigor, casi sin aliento había llegado hasta uno de los muelles y había optado por permanecer oculto debajo de él. Era dolorosamente consciente de que una vez que comenzara la batalla cualquiera de los dos bandos podía tomarle por un enemigo y matarlo.

Mientras recuperaba el resuello, había escuchado la exclamación orgullosa de Isa Shohaid y luego el diluvio de aullidos guerreros lanzados por sus hombres. Había contemplado docenas de combates protagonizados por *muslimin,* pero aquélla era la primera vez que asistía a una batalla en la que participaran en masa. Lo que había visto desde su escondite había superado con mucho cualquier brutalidad que su imaginación hubiera podido concebir. Valientes, arriesgados y, sobre todo, poseídos por una fe fanática, aquellos hombres habían hecho retroceder a los vikingos. Cuando se percató de que éstos no podrían salir vencedores y de que quizá ni siquiera tendrían la posibilidad de huir, su corazón sólo ansió descubrir dónde estaba Belena para ayudarla a escapar con vida. No ambicionaba que continuara a su lado.

Simplemente deseaba que no cayera degollada por la cimitarra de uno de los soldados del emir de Qurduba.

Durante un buen rato intentó localizar a la mujer en medio de aquel torbellino de hierro y fuego, pero su búsqueda resultó infructuosa. La nave capitana había ardido totalmente y sus renegridos restos yacían medio hundidos en la cuenca del Guadalquivir. ¿Se había salvado Belena o, por el contrario, ya era un cadáver calcinado o sumergido en el fondo del río? Se formulaba esta angustiada pregunta cuando descubrió por fin la figura de Harald y la de Belena situadas apenas a unos pasos de distancia. Se percató asimismo de que el vikingo le hacía unos gestos mientras le gritaba unas palabras que él, en la distancia, no logró escuchar.

La mujer pareció dudar un instante. Luego se cruzó sobre el pecho la cuerda con que sujetaba una bolsa alargada y se amarró a la espalda un fardo voluminoso. A continuación juntó las palmas de las manos y se zambulló de cabeza en el agua. Oso contuvo la respiración hasta que contempló la rubia cabeza emergiendo de las enrojecidas ondas. Belena abrió los labios para tragar una bocanada de aire y luego comenzó a dar brazadas para alejarse del lugar de la batalla. Quizá en otras circunstancias lo habría logrado, pero la carga que llevaba era excesiva y el peso comenzó a hundirla hacia el fondo del agua. Belena manoteó furiosamente con la intención de mantenerse a flote. Fue inútil.

Oso olvidó, como por ensalmo, la dolorosa herida de su espalda, el riesgo mortal que podría cernirse sobre su vida, las armas letales que surcaban el aire como espadas voladoras... Abandonó su seguro escondrijo y, tras arrojarse al agua, comenzó a nadar hacia Belena con la única intención de salvarla.

CAPÍTULO 11

O so se desplazó nadando en medio de un infernal zafarrancho de sangre, fuego y agua. A su alrededor los cuerpos destrozados de los combatientes se desplomaban sobre la superficie del río mientras el aire, lleno de humo y de hedor a mortandad, se saturaba de continuos y desgarradores alaridos de dolor. La angustiosa visión de Belena, que pugnaba por no verse sumergida, proporcionó a los brazos y las piernas del *nasraní* un vigor inexplicable en alguien tan exhausto y que, por añadidura, sufría los efectos de una herida. Era como si pensara que por encima de cualquier consideración tenía que salvarla y que sólo entonces se podría permitir el intolerable lujo de sentirse cansado.

Se agitaba Belena cuando, inesperadamente, su mirada se cruzó con la de Oso. No hablaron y tampoco se habrían oído en caso de gritarse a causa de la barahúnda del combate. Pese a todo, aquella simple visión infundió renovadas fuerzas al *nasraní,* que comenzó a nadar frenéticamente hacia la mujer. Fue entonces cuando, apenas a unos pasos por detrás de Belena, vislumbró a Harald. Durante un breve instante, el guerrero del norte clavó en él una mirada fría y cortante como el filo de una espada bien templada. Frunció entonces los labios y a continuación, con un gesto rápido y enérgico, lanzó contra él su hacha de guerra. Oso apenas tuvo tiempo de sumergirse bajo la superficie del Guadalquivir. El suave movimiento del agua le indicó que si sólo hubiera tardado un poco más el arma del vikingo le habría arrancado la vida. Dio un par de brazadas y emergió. Sin dejar de nadar, giró buscando con la mirada a Belena. La mujer, sin embargo, había desaparecido totalmente.

Un sentimiento de cruel desamparo se apoderó del corazón de Oso. Sin importarle el llamar la atención de los combatientes comenzó a gritar su nombre una, dos, diez veces... Sin embargo, a pesar de su denodada insistencia, a pesar de su creciente desesperación, a pesar de su invencible anhelo, nadie le respondió.

No estuvo mucho tiempo en esa situación, pero la ausencia de la deseada respuesta creó en Oso la sensación de que había estado años penando a la espera de ver aparecer a Belena. Se debatió presa de la ansiedad en unas aguas que habían perdido su tonalidad natural. Era como si el resto del mundo se hubiera desvanecido y lo único importante fuera recuperar la visión de la mujer. Sin embargo, Belena no volvió a aparecer. Al final, poseído por una angustia que nadie podría describir en toda su intensidad, el *nasraní* llegó a la conclusión de que se la habían tragado para siempre aquellas aguas enfangadas y cubiertas de cadáveres. Para no convertirse en uno de ellos debía regresar a la orilla cuanto antes.

Empapado, agotado, con la vista baja y arrastrando los pies, Oso logró llegar a la playa. Se dejó caer de rodillas en la arena e intentó recuperar una respiración que a cada momento le resultaba más difícil. Fue entonces, al alzar la mirada, cuando vio la figura, envuelta en un ropón blanco, de un *muslim* que se dirigía corriendo hacia él. Sujetaba con ambas manos una lanza y el *nasraní* comprendió inmediatamente que su única pretensión era la de matarlo. Movido por un instinto que supera en los seres humanos casi cualquier dificultad, Oso levantó los brazos y gritó:

—*¡Ana ahuka, aná ahuka!*[9]

Por un instante, la agresiva figura pareció herida por el desconcierto más profundo. Sin duda estaba convencido inicialmente de que el hombre que había llegado a la orilla era uno de los *masjud* que intentaban huir de la matanza. El hecho, sin embargo, de que se dirigiera a él en árabe lo dejó paralizado. El *nasraní* se propuso entonces aprovechar aquella circunstancia.

—*Ana min Ishbiliyah...*[10]—dijo con voz entrecortada por el agotamiento—. *Min fadlák, ualií...*[11]

El *muslim* titubeó un instante. Luego bajó la lanza y, dejando su diestra libre, la tendió a Oso para ayudarle a levantarse.

—*Shukrán, ahi*[12] —musitó agradecido el *nasraní*.

El árabe sonrió dejando al descubierto dos filas de dientes iguales y blancos como la leche. Luego, sin decir palabra, prosiguió su camino hacia el agua lanzando un *alilí* de victoria.

Oso abandonó el arenal y comenzó a adentrarse en la ciudad. Estaba prácticamente vacía, a excepción de algunos ancianos que, seguramente, no se habían sentido con fuerza como para huir de los hombres del norte. Al recorrer las solitarias y estrechas callejuelas, el *nasraní* se percató de que los vikingos habían sembrado únicamente la muerte y la destrucción a su paso. Algunas casas habían quedado reducidas a meras ruinas, mientras que aquí y allá el zumbido sordo de las codiciosas moscas delataba la fétida presencia de cuerpos en avanzado estado de corrupción.

No se detuvo en su apresurada marcha. Aunque le costaba respirar y los miembros le pesaban como si estuvieran forjados en plomo, se negaba a concederse el más mínimo descanso en la búsqueda de Abdallah y de Lara. Por un instante levantó la mirada al firmamento. El sol se estaba acercando a su cénit. Si antes de que lo alcanzara no había conseguido llegar al lugar donde se encontraban, podía dar a su hija por muerta.

Por encima de algunos tejados logró, finalmente, vislumbrar el minarete de la mezquita. La cercanía del lugar pareció otorgarle un vigor nuevo y apretó el paso mientras se acariciaba el cinturón donde llevaba oculta la carta sellada del cadí. En aquellos momentos habría deseado más que nunca convertirse en un pájaro que sobrevolara con celeridad las casas para posarse ante el lugar de oración. Recorrió los últimos pasos, casi sin aliento, y, finalmente, se encontró en la cercanía de la última esquina. Al límite de sus fuerzas, emprendió una corta carrera y dobló la calle.

Lo que se ofreció entonces a los ojos de Oso constituyó una viva imagen del inigualable poder destructor de los hombres del norte. La plazoleta anterior a la mezquita estaba salpicada de cadáveres insepultos y en avanzado estado de descomposición. Sobre ellos se agolpaban las aves y algunos animales de menor tamaño, deseosos de aprovechar la carroña creada por la guerra. Al fondo, el lugar consagrado para que los hombres se dirigieran al Dios único estaba reducido a un montón de escombros renegridos. Era cierto que el minarete permanecía incólume, quizá porque los guerreros de Harald habían pensado que en aquella torrecilla no podría albergarse nada de valor. Pero el edificio era un vivo ejemplo de la devastación.

Con una ansiedad que le oprimía el pecho como un puño de acero, Oso cruzó el umbral. En el patio contempló a un par de ancianos destrozados por impactos de arma blanca, quizá un hacha, a juzgar por el tamaño de las heridas. Por lo que se refería

a la fuente donde los fieles debían realizar sus abluciones purifica-
doras antes de orar, había sido cegada y, por añadidura, los vikingos la habían profanado arrojando a su alrededor excrementos de
caballerías.

Conteniendo unas lágrimas que pugnaban por desbordar
sus ojos, Oso dio unos pasos en dirección a la sala de plegarias.
No entró, pero una mirada le bastó para percatarse de que estaba
vacía y de que el *mimbar* y todo lo que había parecido sagrado a
los *masjud* había sido profanado.

Presa de una pesadumbre que lo ahogaba, el *nasraní* des-
anduvo unos pasos y se dejó caer en un poyete de piedra. Por un
instante apoyó la cabeza entre las manos y dejó que la pesada desesperación se fuera adueñando de su corazón como se apodera un
hambriento chacal de un animal desvalido y moribundo. Sin pretenderlo, pero como si se tratara de un río incontenible, comenzó
a musitar una oración. Fue, al principio, un susurro apresurado
y casi inaudible, pero pronto, muy pronto, se transformó en una
voz que clamaba en tonos de angustia e irritación. De repente se
puso en pie, alzó la mirada hacia el cielo y gritó;

—¿Por qué? ¿Por qué, Dios mío, me has quitado a las dos?
¿Es que acaso has decidido abandonarme? ¿Es que no soy nada
para Ti?

Como si hubiera quedado espantado de la magnitud de sus
preguntas, el *nasraní* bajó la vista hacia el suelo e intentó norma-
lizar una respiración que le ahogaba.

—Oso, Oso... —escuchó de repente en un susurro. Sobresaltado, el *nasraní* giró la cabeza hacia la dirección desde donde
alguien había murmurado su nombre. Al principio no fue capaz
de distinguir nada. Sin embargo, casi de manera inmediata, vislumbró un bulto oscuro de contornos difusos.

—Oso... —volvió a bisbisear la extraña figura—, soy yo... ¿Se han marchado los *masjud*?

El *nasraní* dio unos pasos trémulos hacia aquella voz que le resultaba extrañamente familiar pero que, presa de la excitación, no conseguía ahora identificar. Repentinamente, una nube se descorrió en el firmamento y un rayo solar cruzó el éter para iluminar la oscura silueta. Sólo rozó los ojos, pero aquello bastó para que Oso supiera quién era su interlocutor. —¡Eusebio! —dijo el *nasraní* alzando la voz.

—¡Shhhh! —chistó alarmado el hombre. Luego, con la voz aún baja, preguntó angustiado—: ¿Se han ido ya los *masjud*? Oso colocó las manos sobre los hombros de la figura y lo sacó a la luz.

—Eusebio... estás vivo —musitó mientras una sensación de esperanza comenzaba a renacer en su pecho. Y añadió con el tono más tranquilizador del que fue capaz—: Las tropas del emir de Qurduba están dando buena cuenta de los *masjud*. Si alguno llega a sobrevivir, nunca tendrá la ocurrencia de regresar a Ishbiliyah.

Las ventanas de la nariz de Eusebio se dilataron al escuchar aquellas palabras.

—Fue horrible, Oso, fue horrible... —acertó a decir mientras su respiración se volvía más agitada.

—Sí, puedo imaginarlo —concedió el *nasraní*— Son guerreros terribles y despiadados...

—No respetaron a nadie —prosiguió Eusebio—. Sólo buscaban botín y para conseguirlo mataron y destruyeron todo lo que encontraron a su paso. Hubo ancianos a los que abrasaron vivos sólo para que les revelaran dónde se guardaba el trigo...

El hombre reprimió un sollozo que pugnaba por salirle de la garganta. Oso le dejó recuperar el resuello por unos instantes y luego preguntó:

— ¿Qué ha sido de Lara?

—Lara... —dijo Eusebio—. Tu hija está viva, Oso.

Aquellas palabras ejercieron sobre el *nasraní* el mismo efecto que habría tenido la combinación de un golpe en la cabeza con el aroma del más fragante perfume.

—¿Dónde se encuentra? —preguntó conteniendo la emoción que lo embargaba.

—La custodia Abdallah... —dijo bajando la cabeza Eusebio.

—Sí, pero ¿dónde está? —insistió Oso sacudiendo por los hombros al anciano.

—Abdallah... Abdallah tenía que haber defendido este arrabal —comenzó a decir Eusebio—, pero apenas el cadí abandonó la ciudad se dispuso a huir. Quizá sospechaba cómo combatían los *masjud* o quizá simplemente era un cobarde....

Oso evitó hacer comentarios. En lo más profundo de su corazón sospechaba que entre los motivos que habían llevado a Abdallah a escapar de Ishbiliyah no se hallaba el miedo.

—... Aunque... aunque no me parece que huyera por codicia —añadió con algún desconcierto el anciano—. Quiero decir que en lugar de marcharse con un caballo cargado de dinero o de mercancías prefirió llevarse a tu hija...

Oso se mantuvo en silencio. La esperanza que estaba comenzando a sentir acababa de mezclarse con la dolorosa sensación de que un peligro cierto se cernía sobre él.

—Al marcharse nos convocó a los *nasraníes* del arrabal y nos dijo que te esperaría donde tú ya conoces. No dio más explicaciones e ignoro si realmente sabes de lo que hablaba —concluyó Eusebio su relato con un tono de desconcierto.

—Sí, lo sé —comentó Oso lacónicamente—. Aunque me temo que encontrar una montura...

Por primera vez desde que habían comenzado la conversación, el rostro de Eusebio se vio libre de la sombra de temor y una sonrisa lo iluminó.

—No será ningún problema entregarte un caballo... —le interrumpió el anciano con un brillo de alegría en los ojos.

Oso lo miró sorprendido. ¿De dónde pensaba sacar un animal de monta aquel hombre? ¿Acaso las desgracias de los últimos días le habían trastornado el seso?

—Hemos trabajado con tesón durante años —prosiguió Eusebio—. El impago de impuestos puede significar la muerte o la esclavitud de nosotros o de nuestros hijos. Tú lo sabes mejor que nadie, porque sólo tú nos has ayudado a eludir vez tras vez ese destino. Nunca podré olvidar cómo salvaste a mi hija. Nunca podré tampoco agradecértelo lo suficiente.

El anciano hizo una pausa para reprimir la emoción que lo embargaba y luego, mirando a Oso a los ojos, prosiguió:

—Yo..., nosotros sabíamos que tú volverías..., que Dios te protegería en tu viaje para que regresaras sano y salvo y recuperaras a tu hija Lara. Cuando Abdallah se marchó, lo primero que hicimos, aun a sabiendas del castigo que podía caer sobre nosotros, fue conseguir un caballo para ti...

Oso sintió que un nudo se le formaba en la garganta al escuchar aquellas palabras, pero no quiso interrumpir al anciano.

—Los *masjud* golpearon a la gente, la torturaron, la sajaron con hierros, la quemaron —prosiguió Eusebio—, pero... pero nadie dijo dónde estaba oculto tu caballo porque... porque sabíamos que con ese animal podrías alcanzar a Abdallah.

Oso no pudo contener más la emoción que lo embargaba y abrazó a Eusebio.

—Vamos, hijo —protestó el viejecillo—. No pierdas más tiempo conmigo. Tienes que alcanzarle y darle su merecido. Nosotros rezaremos por ti mientras te esperamos.

CAPÍTULO 12

—¡Vamos a por el enemigo!

Oso pronunció aquellas palabras con la mezcla de calma y aplomo, de firmeza y serenidad que solía mostrar en las ocasiones más difíciles. Muchos se habían preguntado vez tras vez si no reservaba esa forma de comportarse para los momentos en que casi todos perdían el valor o la tranquilidad. Daba igual, en realidad. Aquella mañana pronunció esa frase, espoleó con decisión su montura y comenzó a descender la suave loma. Se trataba de una elevación casi imperceptible que iba a morir en el sendero que conducía hasta las primeras casuchas del pueblo. Allí, oculta entre las piedras grises y los árboles raquíticos, le esperaba agazapada y acechante la muerte... Y él era consciente de ello.

Oso penetró a caballo en la recortada aldehuela. De tratarse de otras circunstancias, habría realizado un reconocimiento previo para evitar que lo asaetearan desde algún lugar escondido. Sabía, sin embargo, que ese riesgo no existía. Algo en su interior le decía que Abdallah deseaba acabar con su vida, pero que no se sentiría satisfecho recurriendo a un expediente distinto al del duelo singular.

El resonar de los cascos de la montura sobre el suelo de las callejuelas no se prolongó mucho. Duró únicamente lo indispensable para que se percatara de que sus habitantes las habían abandonado por temor a los *masjud* y para llegar hasta la plazoleta que ocupaba el centro de la aldea. Constituía aquélla un redondel irregular cercado por casuchas de color blanco y tejado rematado ocasionalmente en terraza. Apenas hubo penetrado en su interior, Oso vislumbró la figura de su hija. No le pareció que hubiera sido objeto de ningún maltrato, pero tampoco se le escapó que había sido atada a un poyete de piedra. El rostro de la niña evidenciaba una extraña mezcla de temor y cansancio. Sin embargo, se iluminó como orlada por un astro blanco cuando se volvió hacia él impulsada por el ruido que provocaban las herraduras del caballo.

—¡Oso! ¡Oso! —gritó poniéndose en pie—. ¡Oso, ven!

El *nasraní* podía haber forzado la velocidad del caballo para llegar antes a donde estaba su hija. En realidad, era lo que deseaba como nadie podría haberlo anhelado nunca, pero reprimió sus impulsos. Un apresuramiento excesivo podría acentuar la ansiedad de la niña y asustarla. Aparentando una tranquilidad que no sentía, mantuvo el paso de su montura hasta llegar al lado de Lara.

Descendió despacio, como si no existiera ni la mínima posibilidad de que todo no concluyera de la manera más feliz. Luego dio unos pasos hasta la niña y, cuando estuvo a su altura, se arrodilló y la abrazó. Sintió cómo los bracitos de la pequeña le rodeaban el cuello y cómo sus labios fríos le cubrían de besos mientras le decían que le querían y le reprochaban el haber tardado tanto. Se mantuvo así unos instantes. Pero, tranquilamente, para no prolongarlos en exceso, se puso en pie, desenvainó la espada y se dispuso a cortar la cuerda que ligaba a la criatura al poyo de piedra.

—¡Esa niña no te pertenece! —resonó como un trueno una voz gutural.

Oso se volvió lentamente hacia el lugar desde donde habían sonado aquellas palabras. No se sorprendió al contemplar la figura imponente de Abdallah. El bereber vestía de blanco y sobre el pecho y la muñeca derecha llevaba colocadas las piezas de una armadura tan rutilante que los destellos que el sol les arrancaba resultaban verdaderamente cegadores. Desde el cuello hasta la cintura protegía casi por completo al *muslim* un brillante escudo redondo, y en su diestra destacaba una cimitarra cuyo peso debía de ser muy considerable.

—Su vida tiene un precio establecido y un plazo determinado... —siguió hablando Abdallah.

Oso clavó la espada en el suelo y se llevó las manos al pecho en busca de la misiva del cadí. Mientras se sacaba la bolsa que llevaba colgada del cuello, reparó en que la altura de la sombra de su arma era casi igual a la de ésta. Si hubiera tardado tan sólo un poco más, Abdallah habría tenido todo el derecho legal a degollar a Lara.

—Abdallah —dijo alzando la voz—, tengo aquí una carta del cadí. Le hice entrega ayer de la mandrágora, de manera que tanto el precio como el plazo han sido respetados. Ahora debes entregarme a mi hija.

Pronunció esta última frase mientras lanzaba al aire la bolsa. Como si poseyera la rapidez de un relámpago, Abdallah dio unos pasos hacia Oso, levantó la cimitarra y recogió con ella el objeto que éste acababa de arrojar. Luego, con un movimiento suave de muñeca, permitió que la bolsa resbalara hasta la empuñadura del arma. A continuación, sin soltar la curva espada, desató los cordones y extrajo la carta.

Estaba arrugada, pero la crin con que se había elaborado la bolsa la había protegido y el sello seguía intacto. Lo rompió de un solo tirón y comenzó a leer sujetando la misiva con las dos manos. Tardó en aquella tarea apenas unos instantes, durante los que Oso se mantuvo inmóvil y a la expectativa. Al final, con la mano izquierda, Abdallah formó con la carta una pelota que arrojó despectivamente contra el suelo.

—Todo está en regla, Oso... —dijo con una sonrisa pegajosa.

—Así es —corroboró secamente el *nasraní* mientras arrancaba su espada de la tierra y se disponía a cortar las ligaduras de Lara.

—Sin embargo... —continuó el bereber—. Sin embargo, tú y yo aún tenemos una cuenta que saldar...

Oso se detuvo cuando et filo de su espada se acercaba ya a la cuerda. Acababa de comprender que aquello era una advertencia y apenas tuvo tiempo de volverse y detener en el aire la estocada que Abdallah, con su extraordinaria celeridad, había lanzado sobre él.

Hacía mucho tiempo que el *nasraní* no manejaba un arma y, a decir verdad, nunca había destacado en ese arte. Sin embargo, no se sintió desanimado. Era consciente de que bastaría con cortar las ataduras que mantenían presa a Lara y luego parar los golpes de Abdallah para impedir que éste la impidiera montar a caballo. Una vez que la niña consiguiera huir, sabía que contaría con la protección de los *nasraníes* de Ishbiliyah. Por lo que a su propia suerte se refería, ya no le importaba lo más mínimo.

Paró como pudo tres nuevas estocadas de Abdallah. Fueron bastantes para comprender que, si no atacaba pronto, perdería la vida en cualquier momento. Entonces, lanzando un grito descomunal, como el del animal que le daba nombre, embistió contra el bereber. No fue el suyo un ataque basado en las reglas de la esgrima, sino en el ímpetu de la desesperación. Aferrando con las dos manos la empuñadura de su arma, descargó un golpe tras otro sobre el *muslim*.

Abdallah detuvo con dificultad el alud de estocadas de Oso. Se había percatado de sobra de que no tenía enfrente a un hombre diestro en el manejo de la espada, pero tampoco podía permitirse el tratarle con desprecio. Cualquiera de aquellos golpes asestado en algún punto vital podía fácilmente matarlo o seccionarle un miembro. Los paró recurriendo a su redondo escudo o supo eludirlos con una rápida finta, pero no se descuidó un solo instante. A la vez que notaba cómo el sudor comenzaba a recorrerle todo el cuerpo, llegó a la conclusión de que quizá la mejor manera de acabar con el *nasraní* consistiría en cansarlo y aprovechar su más mínima debilidad para ocasionarle la muerte.

Mientras movía incansable los ojos a la búsqueda de un punto vulnerable, Abdallah distinguió un hilillo de sangre que recorría el brazo de su adversario para descender en gotas hasta el suelo. ¡Está herido!, pensó mientras una sonrisa gatuna le afloraba a los labios. Dio entonces un inesperado salto hacia la izquierda con la esperanza de descubrir la fuente de la que manaba aquel rojizo líquido vital y atacarla. Oso se movió con rapidez para eludir lo que creyó que sería una estocada, pero no logró hacerlo con tanta que impidiera al bereber descubrir un manchón sanguinolento en su espalda.

La contemplación de aquella placa de sudor y sangre produjo en el *muslim* una inusitada euforia. Sabía que no había sido el causante de aquella herida, pero estaba decidido a extraer el mayor provecho posible de ella. Con tal de que obligara a moverse al odiado *nasraní,* éste se desplomaría por sí solo a consecuencia de la debilidad.

—¡Oso, estás sangrando!

El grito de Lara alertó al *nasraní* del peligro que corría. Por un instante, apartó la mirada de Abdallah y se percató de que su brazo estaba prácticamente tinto en sangre. Comprendió inmediatamente que se trataba de la herida que le habían ocasionado los hombres del norte. El contacto con el agua fría del Guadalquivir debía de haberla contraído y cerrado a medias, pero ahora el esfuerzo y el movimiento la habían abierto amenazando con causarle un desangramiento. Si no lograba liberar a la niña inmediatamente, el bereber los mataría a ambos. Con rapidez realizó un quiebro con la espada como si fuera a descargar un golpe sobre la sien izquierda de Abdallah. Pero, en lugar de ejecutar esta maniobra, dio media vuelta y echó a correr hacia Lara. Por un instante, el bereber quedó desconcertado, tanto que no emprendió la persecución de Oso. Para cuando se dio cuenta de que había sido engañado, el *nasraní* se encontraba ya a un par de pasos de la niña.

No logró Oso su propósito. Emitiendo un aullido desgarrador, Abdallah se lanzó en su dirección con la intención de ensartarle con la cimitarra. Apenas dispuso de tiempo el *nasraní* para levantar la espada y enfrentar el vigoroso golpe del bereber. La niña lanzó un grito y Oso supo, aun sin mirarla, que había comenzado a llorar. Como pudo paró una y otra vez las acometidas de Abdallah mientras se apartaba unos pasos de la criatura para evitar que la golpeara, aunque fuera accidentalmente, la espada del *muslim.*

Habrían intercambiado otra docena de estocadas cuando ambos contendientes se detuvieron para recuperar el resuello y observar a su enemigo. A pesar de estar completamente bañado de sudor, Abdallah se sentía aún lleno de fuerza. Estaba convencido de que, si lograba administrar su vigor, no le costaría rematar a un *nasraní* ya exangüe. Oso notó que el intenso golpeteo de su corazón le ocasionaba un dolor agudo en el pecho. De repente, su diestra se desplomó hacia el suelo como si ya fuera incapaz de soportar el peso de la espada. A continuación, su cuerpo se tambaleó a punto de colapsarse a causa del agotamiento y de la sangre perdida. Lara chilló el nombre de su padre para infundirle ánimos, pero los ojos del *nasraní* se cerraron mientras él caía de bruces sobre la tierra.

Una sonrisa felina similar a la del gato hambriento que se dispone a devorar al desvalido ratoncillo se formó sobre la boca de Abdallah. Dio un paso firme hacia Oso y se dispuso a degollarlo con un tajo rápido, certero y limpio. Pero, entonces, como si reviviera, el *nasraní* abrió los ojos, agarró un puñado de tierra del suelo y lo lanzó sobre el rostro del bereber. Con un movimiento instintivo, Abdallah se llevó la mano a la cara, pero con ello sólo consiguió ocultarse los siguientes movimientos de Oso. Éste se puso en pie de un salto y, cambiando el sentido en que había utilizado hasta entonces la espada, golpeó la cara del bereber con el duro pomo.

Abdallah sufrió toda la violencia del impacto en el mentón y, de manera casi inmediata, la boca se le llenó con el sabor salado de la sangre. Intentó retroceder para resguardarse, pero Oso no estaba dispuesto a dejar escapar a su presa. Manejando la empuñadura de la espada como si fuera una maza, le atizó en ambos costados y, cuando el bereber se dobló a causa del dolor que le ahogaba, volvió a asestarle un golpe en la boca. Mucho le costó a Abdallah no desplomarse. El impacto le había quebrado un par de dientes, pero lo peor es que no parecía que su enemigo estuviera dispuesto a darle cuartel. Con un vigor inusitado, embistió contra él, lo agarró por la cintura y lo levantó por los aires.

El bereber notó cómo se le escapaba el aire a causa de la potente presión que el *nasraní* ejercía sobre su vientre y sus riñones. Intentó golpearle para que lo soltara, pero únicamente logró que el poco aliento que le restaba en los pulmones se le escapara con gran dolor. Sintió, presa de la angustia, que, igual que una tenaza implacable, aquellos brazos se habían cerrado sobre él y le arrancarían la vida en un instante.

Por un momento, Oso aflojó la presión insoportable que ejercía sobre el cuerpo casi exánime del bereber y luego, con un gesto final de fuerza, lo lanzó por los aires. Abdallah se estrelló como un fardo contra la tierra y, cuando abrió los ojos, contempló la punta de la espada del *nasraní* a un par de dedos de su garganta.

—No me mates... —acertó a balbucir—. No lo hagas... No he causado ningún daño a la niña... La he tratado bien...

—¡Oso, no lo mates! ¡No lo mates! —gritó Lara—. ¡Es verdad lo que dice! ¡Me trató bien!

La voz de la niña arrancó al *nasraní* de la cólera ciega en que se había sumergido intentando desesperadamente vencer a Abdallah. Como si una luz más que humana se hubiera encendido en su corazón, se dio cuenta por primera vez de que estaba a punto de quitar la vida a un hombre. Respiró trabajosamente por el esfuerzo experimentado y contempló el rostro del vencido. Los ojos del bereber se hallaban dilatados y su rostro era presa de una espantosa mueca de pánico.

Como si se tratara de un friso, ante Oso desfilaron los rostros de Eusebio y de su hija, de Lara y de Belena, de decenas y decenas de personas que habían sufrido por culpa de aquel hombre que yacía a sus pies. Por un instante pensó que hundirle el acero en la garganta constituiría un acto de justicia. Pero entonces comprendió que bajo ningún concepto deseaba tener sobre su alma la muerte de un ser humano. Supo con certeza que, de hacerlo, mancillaría de tal manera su conciencia que no podría en adelante vivir en paz. Con gesto lento, apartó la espada del bereber y le dijo: —Márchate, Abdallah. Te perdono la vida.

Si Oso se hubiera detenido a observar la reacción del bereber, habría contemplado cómo parpadeaba nerviosamente sin poder creer lo que acababa de escuchar. Pero el *nasraní* no lo hizo. Con rapidez, se dio media vuelta y se dirigió a desatar a su hija. Cruzó la plazoleta con paso tranquilo hasta llegar a su lado. Entonces, sin mirarla apenas, se arrodilló junto a ella y sujetó la cuerda con la mano izquierda. A continuación, acercó el filo de la espada y la cortó con facilidad.

La niña esperó a que su padre concluyera aquella tarea para arrojarse en sus brazos. Entonces la pequeña lo vio todo con sobrecogedora claridad. Abdallah se había levantado de la tierra, había echado mano de la cimitarra y ahora venía corriendo hacia Oso con la intención de matarlo.

—¡Oso! —dijo en un grito ahogado por el terror.

El *nasraní* sólo tuvo tiempo de volverse, soltar a la niña y observar cómo el bereber al que había perdonado corría hacia él con el propósito de arrancarle la vida. Ése —y no otro— era el deseo salvaje que se dibujaba de manera inconfundible en sus labios apretados, en sus ojos rebosantes de odio, en la celeridad que imprimía a sus piernas. Supo entonces que ya no existía salvación humana para él, que no tendría tiempo de levantarse y esquivar el golpe, que antes de que pudiera darse cuenta estaría muerto... Y sólo pudo pedir a Dios que lo recibiera en su seno.

Sin embargo, de repente, el bereber se detuvo. Sus pupilas se dilataron en un extraño gesto y sus miembros parecieron inmovilizarse como si hubieran colisionado con una pared invisible. Oso contempló sorprendido cómo en el pecho del *muslim* se dibujaba un punto rojo que comenzó a agrandarse de manera inmediata. No pudo ver más, porque el bereber se desplomó contra el suelo, cayendo sobre su pecho. Al chocar contra la tierra, se levantó una nubecilla de polvo y el *nasraní* pudo observar cómo de la espalda de Abdallah parecía salir un objeto alargado de madera del que colgaba... del que colgaba lo que parecía una cuerda.

Oso parpadeó para afinar su vista y tratar de entender lo que acababa de suceder. Entonces la cuerda se tensó y la extraña asta se desprendió de la espalda del bereber. Siguió con la mirada la rápida trayectoria que trazaba el extraño objeto sobre el suelo y, cuando alzó la vista para ver mejor...

—Creí que habías muerto, pero veo que el osopez es un animal más fuerte de lo que yo nunca habría imaginado...

Oso sonrió mientras contemplaba cómo Belena terminaba de recoger la cuerda para luego enrollarla en torno a aquella peculiar lanza que el *nasraní* nunca antes había visto.

—Yo también pensé que habías muerto —dijo Oso mientras notaba que una alegría extraordinaria se iba apoderando de todo su cuerpo.

—Por fortuna para ti no fue así... —respondió Belena sonriendo—. Un hombre llamado Eusebio me dijo que habías estado en la mezquita. Pero, al no encontrarte allí, imaginé que vendrías aquí...

—Imaginaste bien —concedió el *nasraní* mientras comenzaba a caminar hacia ella.

También Belena se le acercó sin dejar de mirarlo. Oso examinó sus ojos y no tuvo ninguna duda de que, a pesar de que intentaba aparentar indiferencia, en lo más hondo de su corazón se libraba una encarnizada batalla.

—Toma —dijo la mujer de los ojos verdes tendiéndole al *nasraní* una bolsa—. Te dije que no quería estas monedas, pero como suele sucederte, te limitaste a hacer tu voluntad.

Oso tomó la bolsa de las manos de Belena e intentó tirar de ella, pero no lo consiguió. La mujer, que había soltado las monedas, acababa de darse la vuelta y comenzaba a caminar hacia la salida de la plaza.

—¡Espera! —dijo Oso con una voz que resultaba a la vez fuerte y tierna.

Belena detuvo sus pasos, pero no se volvió. El *nasraní* observó que la mujer sujetaba aquel extraño artefacto con fuerza pero sin lograr ocultar del todo el temblor que sufría en las manos.

—Espera —volvió a decir Oso—. En... en cierta ocasión, me hiciste una pregunta y... y deseo responderla... Tú sabes que lo he deseado durante todos estos días, pero...

No pudo concluir. Belena se volvió rápidamente, recorrió rápidamente la breve distancia que los separaba y colocó dulcemente su diestra sobre los labios del *nasraní*.

—No tienes que decirme nada, Oso —dijo—. Adonde tú vayas, yo iré; donde tú mores, moraré yo; tu pueblo será mi pueblo y tu Dios, mi dios, y donde tú mueras, allí moriré yo y quedarán para siempre mis restos.

Oso la rodeó con sus brazos y buscó sus labios para sellarlos con un beso prolongado. Luego apartó su rostro de Belena y la contempló por un instante.

—¿Sabes? —comentó con una sonrisa—. La hembra del osopez tiene en las mejillas unas manchas rojizas idénticas a las que tú muestras ahora mismo.

Belena sacudió la cabeza y dijo:

—Me temo que eres un canalla y un embaucador.

ΠΟ†A DEL AU†OR

El marco político, social, cultural y bélico de la presente novela es rigurosamente histórico. En el año 230 del calendario
musulmán —que equivale al 844-845 de la Era cristiana— tuvo
lugar una importante expedición vikinga que se dirigió contra
Al-Ándalus. Inicialmente, los hombres del norte o normandos
asolaron Cádiz y la provincia de Sidona; pero luego, de manera
inmediata, remontaron el Guadalquivir y llegaron a la ciudad de
Ishbiliyah, nuestra Sevilla actual. Los *masjud* —como los denominan las crónicas árabes— saquearon la urbe y fondearon por
unos días sus naves en la cuenca del río. Esta circunstancia permitió que Isa Shohaid, un general de Abd-ar-Rahmán II, el emir de
Qurduba, pudiera reunir algunas tropas y atacarlos. El combate
entre ambas fuerzas fue encarnizado y, según el historiador egip-
cio Nowairi, los normandos perdieron unos quinientos hombres,
algunas de sus naves fueron incendiadas y, finalmente, se vieron
obligados a retirarse. No fueron, sin embargo, aniquilados del
todo, porque antes de emprender el regreso definitivo a las tierras
del norte realizaron algunas operaciones de saqueo menores en
las costas andalusíes.

La máquina de espejos que permite al ejército musulmán
quemar las velas de las naves vikingas cuenta con un precedente

histórico. Tuvo lugar en el año 212 a. de C. y su protagonista fue el sabio Arquímedes, cuyo principio continúan estudiando los escolares de todo el mundo. Mediante aquellos espejos, combinados para convertirse en una gigantesca lupa que aumentara extraordinariamente el poder abrasador de los rayos solares, Arquímedes logró destruir algunas naves romanas que asediaban Siracusa y retrasar la conquista de la ciudad.

Por lo que se refiere a la mandrágora, efectivamente fue considerada, al menos hasta la época renacentista, como un poderoso afrodisíaco que contaba, entre otras virtudes, con la de permitir engendrar hijos varones. La ausencia de éstos es considerada una desgracia por los musulmanes —los mismos enemigos de Mahoma se burlaron de él porque sólo le sobrevivieron hijas— y resulta por ello comprensible el que se intentara conseguirla casi a cualquier precio.

La denominación de rey de Roma —como hace Oso— para el emperador de Bizancio, la situación de las poblaciones sometidas de judíos y cristianos, la condición de la mujer en cualquiera de las tres culturas peninsulares, la descripción de los impuestos que debían pagarse a los musulmanes y de las penas anejas a su falta de abono o la referencia a las diferencias sociales según el origen étnico contenidas en las páginas anteriores son todas correctas y se basan en copiosa documentación procedente de los mismos dominadores árabes asentados en suelo español. La misma utilización del término España puede resultar chocante a algunos, pero es rigurosamente fidedigna. Ya hice referencia en una novela anterior —*Las cinco llaves de lo desconocido*— a como Alfonso III se autodesignó como «rex totius Hispaniae» o rey de toda España. Su conducta no fue excepcional. La palabra España (Hispania) aparece reflejada en las fuentes coetáneas y no deja de ser significativo que la conducta de Alfonso III, un monarca asturleonés, fuera también seguida por reyes de Navarra.

También es correcta la descripción de la mitología nórdica que Belena realiza para disfrute y aprendizaje de Oso. La mentalidad guerrera de los vikingos contemplaba un más allá violento que además tendría fin en medio de una catástrofe de dimensiones cósmicas. Resulta comprensible por ello que esa cosmovisión tenebrosa acabara cediendo lugar a la cristiana, en la que valores como el amor, la piedad, la entrega, la compasión o la justicia primaban sobre los de la guerra y el saqueo. Un par de siglos después de la acción de esta novela, las monarquías vikingas del norte de Europa habían emprendido ya un proceso de cristianización que resultaría irreversible.

Visiones tan centradas en la propia cultura y tan limitadas en sus comunicaciones con el exterior explican la sensación de prodigio y maravilla que para sus miembros rodeaba a cosas totalmente triviales para nosotros. El *shay* no es sino el té procedente de India o de China que podemos actualmente adquirir con facilidad en cualquier tienda cercana. También explica que seres como el *aspidojelone* —nuestra ballena— pudieran causar pavor y estupor incluso a un sabio como Yalal-ad-Din, que resultara inconcebible la caza de los mismos con un arpón como el conocido y utilizado por Belena o que las focas y morsas se confundieran con sirenas, animales a los que la imaginación y, seguramente, también la fanfarronería de los marinos convirtieron en mitad pez y mitad bellas mujeres.

En su conjunto, por lo tanto, la historia descrita en *La mandrágora de las doce lunas* puede resultar a algún lector contemporáneo fantástica y fabulosa, quizá incluso cargada de un sentido de lo prodigioso, de lo romántico y de lo caballeresco. Sin duda, contemplarla así tiene cierta lógica desde la perspectiva de nuestra época, pero significa pasar por alto el espíritu de la Edad Media, un período de la Historia en que los hombres podían entregarse a la muerte confiados en su destino, en sus ideales y en su Dios; en que la lealtad, el valor y la nobleza eran considerados valores supremos; en que casi todos los mundos estaban por descubrir y por eso resultaban sobrecogedoramente sugestivos y en el que, pese a todas las barreras y convencionalismos sociales, el amor entre una mujer y un hombre podía llevar a cruzar mares ignotos, a viajar a países plagados de peligros y a escribir las más sentidas poesías. Si tan sólo una parte de esos sentimientos son captados por el lector de estas páginas, el autor se dará por más que satisfecho.

San Javier - Madrid - Zaragoza, agosto de 1999

TÉRMINOS NO CASTELLANOS

Ahi. Lit, en árabe. Mi hermano. Término utilizado de manera amistosa incluso entre personas sin lazos de parentesco.

Ajlán ua sajlán. Saludo en árabe.

Alilí. Grito de guerra lanzado por los musulmanes.

Aljama. Barrio judío.

Allah. Nombre dado al Dios único en el Corán.

Al-lahu akbar. Lit, en árabe. Dios es el más grande.

Asgard. Morada paradisíaca adonde, según la mitología vikinga, acudían los combatientes muertos en la batalla.

Aspidojelone. Nombre dado a la ballena en algunos bestiarios medievales.

Dimmí. Lit, en árabe. Protegido. Nombre con el que los musulmanes denominan a los cristianos y judíos sometidos.

Emir. Gobernador delegado del califa de Damasco.

Fiord. Fiordo.

Fonduq. Fonda.

Guay. Lit, en árabe. Oh, ah.

Hind. India.

Jaima. Tienda de campaña árabe.

Jarash. Tributo sobre la cosecha que los árabes imponían a las poblaciones conquistadas.

Jassa. Aristocracia árabe.

Jinn. Genio.

Kafir. Lit, en árabe. Infiel.

Kitay. China.

Masjud. Lit, en árabe. Paganos. Nombre con el que se denominaba, entre otros, a los vikingos.

Mimbar. Púlpito de las mezquitas.

Muslim. Musulmán.

Muslimin. Musulmanes.

Nasraní. Lit, en árabe. Nazareno. Término con que los musulmanes designan a los cristianos.

Ragnarok. Catástrofe cósmica en el curso de la cual, según la mitología vikinga, los dioses y los héroes perecerían combatiendo a las fuerzas del mal.

Rasul Allah. Lit, en árabe. El mensajero de *Allah,* es decir, Mahoma.

Salam alikum. Lit, en árabe. La paz sobre vosotros. Forma de saludo habitual.

Sayidi. Lit, en árabe. Mi señor.

Sharia. La ley islámica.

Shay. Té.

Shizia. Tributo sobre las personas impuesto por los árabes a las poblaciones conquistadas.

Tariqqah. Lit, camino. Nombre con el que se designa a las cofradías sufíes.

Valkiria. Diosas de la mitología vikinga que, cabalgando por los aires, recogían las almas de los guerreros caídos en combate para llevarlos al *Walhalla.*

Walhalla. El paraíso de la mitología vikinga donde iban a disfrutar las almas de los combatientes caídos en la lucha.

Yahud. Judíos.

ΠΟΤΑS

[1] ¿Acaso eres Belena?

[2] Sí, lo soy.

[3] Yo soy Erik.

[4] Sí, sí...

[5] ¿Está Harald aquí?

[6] Sí, Belena.

[7] Belena, ¿dónde has estado?

[8] Lo siento.

[9] ¡Soy hermano tuyo, soy hermano tuyo!

[10] Soy de Ishbiliyah.

[11] Te lo suplico, ayúdame.

[12] Gracias, hermano mío.